배다님

Bless u

이 책과 함께
모두 행복하시길♥

아이 위시

I Wish

아이 위시

배다해 지음

자화
상

프롤로그

2024년 나는 동물보호 운동을 한 지 21년이 되었습니다. 꽤나 거창하게 들리지만 사실 그리 어려운 일을 해온 것은 아닙니다. 내가 해온 일보다 훨씬 더 진취적으로 개혁을 지향하며 한 몸 바쳐 열정을 쏟는 활동가들에 비한다면 말이에요. 하지만 뜨겁게 말할 수 있습니다, 동물보호 운동을 하고 있고, 평생 할 거라고.

도시에 사는 다른 사람들처럼 나 또한 자연스럽게 동물들을 만나 왔습니다. 그저 동물들이 귀여웠고 함께하고 싶었고 도와주고 싶었습니다. 그런 누구나 한 번쯤 품었을 마음 한 자락이 시작이었어요. 동물과 더불어 살아가는 세상은 이러한 작은 마음을 토대로 하는 게 아닐까요. 만약 그런 마음이 있다면 그 사람은 이미 출발선에 서 있는 것이라고 생각합니다.

아빠가 길가의 동물들을 챙겨주던 모습을 어깨너

머로 보았을 때, 친구네 강아지와 처음 친해지던 순간, 땡볕에 몸을 말리던 작은 아기고양이를 그늘로 옮겨준 경험, 혼자 집에 남아 며칠을 외롭게 지내던 선배네 강아지를 데려온 일…….

세 마리 고양이의 집사가 되어 있는 지금까지 내가 만나 온 동물들과의 일을 책에 담았습니다. 동물을 향해 애정 어린 시선을 두지 않았다면 놓치고 지났을 순간도 있습니다. 소소하지만 제게는 가슴 찡한 경험들이지요. 즐겁고 행복하고 때로는 슬프고…… 동물과 함께하면서 다양한 감정을 느꼈고 이를 책으로 담아내고 싶었습니다.

어쩌면 대단하지도 특별하지도 않은 이야기일지 모릅니다. 그렇다면 다행입니다. 너무 유난스럽지 않게, 각 잡히지 않게 전하고 싶었거든요. 동물과 함께하는 일상이 얼마나 내 마음을 따스하게 하는지, 바라보는 세상을 넓히는지를요.

이 글을 쓰는 중에도 몇 번을 손을 놓았는지 모릅니다. 무릎에 올라와 있는 24시간 무릎냥이 준팔이를 쓰다듬어야 했거든요. 그럼 준팔이 이야기부터 시작해봐야겠습니다.

차례

（
하
나
）

나의 가족이 되어줄래?

준
팔
이
와
의

첫
만
남

가벼운 셔츠 하나에 머플러를 두를 정도였으니 아마도 초가을 혹은 늦여름이 아니었을까.

SBS <TV 동물 농장>의 연락을 다시 받았다. <TV 동물 농장>에는 노끈에 버려진 강아지를 임시 보호하는 과정을 촬영하자는 연락을 한차례 받은 적이 있다. 그 촬영은 진행 직전 기적적으로 강아지 주인이 나타나 무산되었다. 촬영은 무산되었지만 그래도 강아지가 주인을 만나 마음이 홀가분했다.

나의 가족이
되어줄래?

그런 일이 있은 지 채 1년이 안 됐을 때였다. 다시 한번 유기된 고양이를 케어하는 촬영을 하려고 하는데, 함께해줄 수 있냐는 제안이었다. 구체적으로는. 주인에게 버림을 받고 거식증에 걸려 생사를 오가는 고양이를 내가 돌보는 내용을 담고 싶다고 했다. 나는 두려웠다. 입양을 전제로 시작하지 않으면 안 되는 일이라 생각했고 여러 자문 끝에, 그리고 나의 상황을 충분히 고민한 끝에 촬영을 진행하기로 했다. 그렇게 나는 준팔이와 처음 만났다.

2014년 7월, 준팔이는 어느 한 동물병원 앞에 '좋은 곳으로 보내달라.'라는 쪽지와 함께 버려졌다. 구조 당시 준팔이의 나이는 7살로 추정되었다. 음식을 스스로 먹지 않을 뿐더러 강제 급식을 하면 곧바로 토해버리는 상태였다. 진단명은 거식증. 처음 만났을 때 준팔이의 몸무게는 겨우 3킬로그램 남짓에 불과했다. 버림받은 상처로 먹기를 거부하는 그 모습은 마치 세상과의 안녕을 준비하고 있는 듯 보였다.

나의 가족이
되어줄래?

촬영 도중에도 상태가 급격하게 나빠져 수혈을 맞아야 했고 체온 조절이 안 되는 등 위험한 고비를 여러 번 넘겼다. 여러 사람의 노력 덕분에, 준팔이가 버텨준 덕분에 건강을 어느 정도 회복했다. 나는 처음 마음먹은 대로 준팔이를 집으로 데려와 사랑을 듬뿍 주었다. 다행히 준팔이의 몸무게도 서서히 증량해 적정 체중이 되었다.

글을 쓰고 있는 지금, 내 무릎 위에 식빵을 굽고 있는 준팔이는 2024년 현재 17살(추정)이다. 나와 가족이 된 이후 사랑을 주고받으며 늘 함께한 준팔이. 그런데 그런 준팔이가 처음 만났을 때처럼 말라 가고 있다.

나의 가족이
되어줄래?

나의 가족이
되어줄래?

함께해줘서 고마워

2022년 가을. 준팔이의 이마가 볼록 튀어나오더니 시간이 지나도 좋아지지 않았다. '축농증이려나? 농이 가득 차서 부었나 보다.' 하고 별일 아니길, 병에 걸렸다면 차라리 가벼운 병이기를 바랐다.

괜찮을 거라 되뇌며 찾은 병원에서 준팔이는 비강 림프종 판명을 받았다. 청천벽력이었다. 정신을 차려보니 남편과 나는 준팔이를 껴안고 하염없이 울고 있었다. 제발 아프지만 말길 바랐건만.

처음 준팔이를 살려주셨던 김태호 원장님과, 준팔
이를 살리는 동시에 준팔이가 너무 힘들지 않은 치
료 방법을 모색했다. 나이가 많은 준팔이에게 방사
선은 무리였다.

우리는 그나마 준팔이가 크게 힘들지 않고 버틸 수
있을 만한 치료 중 주사와 약물치료를 병행하기로
했고 25주짜리 항암을 망설임 없이 시작하였다. 원
장님과 함께 내린 결론은 암을 없애는 것에 집중하
기보다 앞으로 준팔이가 여생을 사는 동안 덜 아
프게, 먹고 싶은 것 먹게, 네다리로 뛰어놀 수 있게
해주는 것이었다. 지금 생각해보니 아주 좋은 판단
이었던 것 같다.

준팔이는 일주일에 한 번씩 두어 달 항암치료를 하
다가 멈춘 상태다. 볼록한 이마는 많이 들어갔지만
항암 주사와 복용 약으로 인한 식욕 저하, 체력 저
하에 다리 쪽 피부염증까지 생기는 바람에 바로 중
단을 결정했다.

어느 정도 예상했던 부작용이었다. 잠시 쉬어 가면서 컨디션을 회복해야 했다. 다행히 준팔이는 금세 체력이 좋아졌고 다시 스스로 밥을 먹고 언제 그랬냐는 듯이 우리 품에 안겨 골골거렸다.

치료를 중단한 지 한 달이 조금 넘자 체력과 식욕을 되찾았지만 이마는 다시 조금 부풀어 올랐다. 결국 다시 항암 처음으로 돌아가 1차 주사를 맞고 왔다. 항암 부작용 중 면역력이 떨어지면 염증이 생기고 보통은 온몸에 퍼진다고 한다. 그런데 준팔이는 천만다행으로 한쪽 허벅지 피부염증 말고는 다른 염증 수치가 안정적이다.

물론 아무것도 안심할 수 없고 암세포가 사라진 것도 아니다. 하지만 쿨쿨 잘 자고 밥도 잘 먹고 쉴 새 없이 안으라고 우는 이 시간이 한 달, 아니 하루하루 계속되길 간절히 바랄 뿐이다.

준팔이의 항암 판정을 듣고 가장 먼저 든 생각은, 더 많이 안아주고, 더 자주 사랑한다고 말해주고,

한 번 더 바라봐주고, 좀 더 함께 시간을 보내야겠다는 것이었다. 이미 떠나버린 나의 지난 아이들에게 가졌던 마음과도 같다.

아직 우리에겐 시간이 있으니 다행이다. 준팔이에게 사랑한다는 말을 몇 번을 더 해줄 수 있을지, 얼마만큼의 시간이 허락될지 모르겠지만 이미 암을 진단받고도 1년을 버텨주고 있으니 그것만으로도 헤아릴 수 없을 만큼 감사하고 하루하루가 소중하다.

이는 반려동물을 키워보지 않았다면 몰랐을 감정이 아닐까. '생명과 서로 의지하고 사랑을 나누며 함께한다는 감정'을 나에게 알려준, 무지개다리를 건넌 세 마리의 강아지들 그리고 지금 함께하고 있는 세 마리의 고양이들에게 고맙다.

나의 가족이
되어줄래?

처음에는 무섭기만 했어

나는 어쩌다 보니 동물 친화적인 삶을 살고 있다.
강아지 세 마리를 키웠고 지금은 세 고양이의 집사
가 되었으니 말이다.

그러다 보니 사람들과 자연스레 반려동물에 관한
이야기를 나눌 기회가 많았고, '언제부터 키우셨어
요?', '원래 동물을 좋아하셨어요?'라는 질문을 자
주 들었다.

사실 나는 어릴 적부터 동물을 좋아한 것은 아니었다. 어쩌다 이렇게 동물 친화적 삶을 살아가고 있는지 말하자면 이야기가 조금 길어지겠지만 한번 시작해보겠다.

나의 가장 오래된 기억 속에서 부모님은 동물을 좋아하셨고 나는 무서워했다. 어렸을 때 우리 가족은 거의 주말마다 여행을 다녔다.

아빠가 운전하는 차의 뒷자리에 앉아 휙휙 바뀌는 풍경을 구경하다가 앞자리에 앉은 부모님과 재잘재잘 이야기하곤 했다. 참 따뜻하고 즐거운 기억이다. 엄마 아빠는 지도를 보면서 이리저리 목적지를 향했고 가끔은 차를 세워 길을 묻는 일도 있었다. 가는 길이 멀어 가끔 쉬어 가야 할 때면 시골 동네에 있는 묶여 있는 시골 개들에게 다가가 쓰다듬어주고 말을 걸어주곤 하던 아빠의 모습은 내 기억에 아주 강하게 남아 있다. 그땐 그저 '아빠가 동물을 예뻐하는구나.' 하고 생각하고 말았지만, 돌이켜보면 아주 따뜻하고 평온한 기분이 든다.

나의 가족이
되어줄래?

한번은 강아지를 키우는 부모님 친구 집에 놀러 간 적이 있다. 그 집 마당에 그네가 있어서 한참을 놀다가 집에 들어가려고 일어났다. 그런데 강아지가 뛰놀고 있는 게 아닌가. 나는 꼼짝 못 하고 다시 그네에 앉아 가만있었다. 움직이는 순간 강아지가 달려들 것만 같았다. 밥 때가 되어도 안 들어오는 나를 찾아 나온 엄마에게 안겨서 겨우 들어갈 수 있었다. 어떤 강아지도 나에게 달려오진 않았지만 잘 모르는 존재에 대한 막연한 두려움이 있었다.

초등학교 4학년 때 친구네 집에 놀러 간 적이 있다. 그 집에 삽살개가 있는 사실을 도착해서야 알게 되었다. 다른 친구들은 뜻하지 않은 선물을 발견한 것처럼 기뻐했다. 나 혼자만 이 방 저 방 도망 다니고 소파 위며 의자 위로 피해 다녔다.

그러다 엄마에게 전화를 걸어 언제까지 놀다 가겠다는 등의 이야기를 하던 중이었다. 무의식적으로 손을 꼼지락거리며 쿠션을 만지작댔는데 문득 이상한 기분이 들어 내려다보니 그게 쿠션이 아니라

나의 가족이
되어줄래?

삽살개였던 거다.

전화 통화 중이었던 것도 잊고 그대로 얼어버렸다.
나는 신기한 마음과 두려운 마음이 공존한 채 조심
스레 그리고 자연스러운 척 계속 강아지를 쓰다듬
었다. 이 생명체가 결코 무서운 존재가 아니라는
것, 사람의 손길을 좋아하는 순한 존재라는 것을 깨
달았다.

강아지를 처음 손으로 만져본 느낌은 참 좋았다. 이
렇게 순하고 사람을 좋아하다니! 동물은 무서운 존
재라고만 생각해 왔던 모든 기준이 무너져버렸다.
나는 그날 그 친구집에서 삽살개와 아주아주 신나
게 놀고 집으로 돌아왔다.

이후 강아지를 키우고 싶다고 부모님을 조르기 시
작했다. 마침 그 무렵, 부모님 지인이 부득이하게
강아지를 키우지 못하게 되어 입양 보낼 곳을 찾는
중이었고 얼떨결에 우리는 '임시 보호'라는 것을 하
게 되었다. 며칠 지나지 않아 우리는 '엘란'이라는

하얀 푸들을 만나게 되었다. 아무런 준비가 되어 있지 않은 상황에 우리에게 온 엘란이는 이미 훌쩍 자라 꽤나 나이가 있는 아이였다.

엘란이는 우리를 낯설어했다. 낯선 곳, 낯선 사람들 사이에서 꽤나 스트레스가 많았을 엘란이는 이곳저곳 배변을 했고 오랜 시간 어색하게 앉아만 있었다. 반려동물을 키워본 적 없던 우리도 어색한 건 마찬가지였다. 우리는 서로 어색해하면서 며칠을 보냈다.

엘란이를 보냈던 부모님 지인이 아이를 보낼 곳을 찾았다고 연락이 왔다. 뛰어놀 수 있는 마당이 있는 집이라고 잘됐다며 엘란이를 다시 데려가시겠다고 했다. 마음이 편해졌다. 끊임없이 짖고, 집 안 여기저기에 배변하고, 경계하는 눈빛을 보내고…… 그랬던 엘란이가 내심 불편했기 때문이다.
하지만 엄마는 아무런 준비가 안 된 상태에서 덥석 데려와 짧은 시간이긴 했지만, 어색하고 두렵고 힘들었을 엘란에게 미안하다고, 제대로 사랑 한번 주

나의 가족이
되어줄래?

지 못하고 더 편안하게 해주지 못했다면서 마음 아파했다.

한 생명을 거두는 일이 그리 쉽고 간단한 문제가 아니라는 것을 어렸던 나는 몰랐다. 그때도 알았더라면 쉽사리 데려오겠다 마음먹지 않았을 것이다. 아직도 엘란이만 생각하면 마음이 무겁다. 그래도 엘란이가 다른 곳에서 아주 잘 지내고 있다는 소식을 나중에야 듣게 되어 위로가 되었다. 한 생명과 함께하는 일은 결코 쉬운 일이 아님을 깨달은 나의 첫 번째 임시 보호 경험이었다.

°림프종 판정 받고 얼마 후의 준팔이.
자세히 보면 이마가 부어 있다.

나의 가족이
되어줄래?

보살피고 싶다는 마음

동물에 대해 관심이 생기자 그동안 보이지 않던 것들이 보이기 시작했다.

피서차 떠난 가족 여행 중 휴게소에 들렀다. 예전의 나였다면 보이지 않았을 작은 고양이가 눈에 들어왔다. 숨이 턱 막히는 한여름 땡볕에 새끼 고양이가 짧은 줄에 묶여 힘겹게 숨을 쉬고 있었다. 그옆에는 다른 강아지들도 있었는데 그늘에 누워 쉬고 있었다. 새끼 고양이는 짧게 묶인 끈 때문에 제

나의 가족이
되어줄래?

대로 눕지도 못하고 있었다. 나는 묶여 있던 끈을 풀어 그늘 쪽으로 새끼 고양이를 옮겨 묶어주고 주인을 찾아보았다. 때마침 휴게소 옆에 있던 독채에서 식당 아주머니가 나왔다.

"저, 혹시 고양이 주인이 누구예요?"

"응? 내가 주인인데?"

알고 보니 동물들을 목욕시키고 털 마르라고 잠시 밖에 묶어두었던 거였다. 아주머니는 그제야 그늘에서 편히 누워 낮잠을 청하고 있는 새끼 고양이를 보고 웃으며 말했다.

"착하네. 아기 고양이가 더울까 봐 옮겨준 거야? 고마워."

처음으로 동물을 위해 손을 내밀어본 일에 칭찬을 들으니 뿌듯했다. 그 경험으로 동물을 위해 무언가를 하고 싶다는 마음이 싹텄다. 동물에 대한 조금

씩 커져 갔고, 나의 삶에 꽤 많은 부분을 차지하게
되면서 동물을 위해 내가 할 수 있는 일을 찾기 시
작했다.

나의 가족이
되어줄래?

°베트남 선교 활동 중 아기 고양이랑

°네팔 선교 활동 중 아기 고양이랑

내
동
생
이
생
긴
날

대학수학능력시험을 마치고 나온 날. 엄마는 집에 들어서는 나를 맞아주며 수험생 생활하느라 고생했다고 다독여주고는 선물을 주고 싶으니 원하는 걸 말하라고 했다. 가장 먼저 튀어나온 말은 강아지였다. 강아지를 키우고 싶다고 졸랐다.

당시는 강아지를 펫샵에서 사고파는 일이 아주 당연시되었던 때였다. 심지어 펫샵에서 유행하는 품종마저 권하는 분위기였다. 시추라는 품종이 유행

하던 때였는데 나는 그저 강아지가 갖고 싶었다. 여러 차례 손사래를 치던 엄마는 결국 나를 데리고 펫샵에서 가서 말티즈 암컷을 샀다. 없어져야 할 소비, 생명을 돈 주고 사는 일을 나 때문에 하게 된 것이다. 당시에는 어떠한 마음의 가책도 느끼지 못한 채 그저 행복한 마음으로 강아지를 안고 집으로 돌아왔다. 이 아이가 어디서 어떻게 와서 어떤 경로로 판매가 되고 우리 품에 오게 되었는지 알지도 못했고 알려고 하지도 않았다.

연년생 자매여서 연달아 수험생을 치러내며 긴장감과 살벌함이 감돌던 우리 집은 이 조그마한 생명체 하나를 들인 것을 기점으로 180도 집안 분위기가 달라졌다. 작고 귀여운 이 강아지에게 우리는 '다'자 돌림으로 '다비'라는 이름을 지어줬다. 다안, 다해 그리고 다비. 다비는 우리 집의 막둥이가 되었다.

다비는 하늘에서 보내준 천사가 아닐까 생각이 들 정도로 우리 가족 모두를 행복하게 해주었다. 작은 솜뭉치가 이 방 저 방 돌아다니며 가족들을 찾아다니며 예쁨받을 수밖에 없는 행동을 하며 마음을 녹아내리게 했다. 다비는 점점 우리의 삶에 스며들었다. 우리 가족은 모두 다비에게 초점이 맞춰졌고 우리 대화의 주제는 대부분 다비의 귀여운 행동이었다. 다비는 항상 곁에 두고 싶을 만큼 소중하고 특별한 존재가 되었다.

다비의 예방접종 날 조심조심 설레는 마음으로 동물병원을 찾았다. 의사 선생님은 다비의 몸무게가 너무 적게 나간다면서 걱정했다. 그때까지도 나와 우리 가족은 여전히 동물에 대한 이해가 충분치 않아서 그저 예뻐하기만 했던 거다.

그날, 강아지에게 좋은 음식, 강아지가 먹지 말아야 하는 음식 등을 검색해보았다. 내용을 살펴보고 곰곰 생각해보니 잘못한 일이 많았다. 어릴 적부터 마당에서 많은 동물을 키워본 아빠는 사료만 먹이는 걸 못마땅해하며 사료도 먹였다가 밥도 먹였다가 했고, 우리가 먹고 있는 걸 쳐다보고 있으면 하나둘 주기도 했다. 우리 가족은 모두 초보 보호자였다.

나의 가족이
되어줄래?

기본적인 규칙을 배운 이후로는 지켜 나갔다. 강아지에게는 과일도 잘 가려서 먹여야 하는데, 하루는 언니가 귤을 먹는 동안 다비가 옆에 있다가 냉큼 집어먹었다. 나와 언니는 크게 놀라서, 우리 다비 죽는 거냐며 통곡을 한 적도 있다.

한 생명의 보호자가 되는 일은 책임이 따르는 일임을 그땐 잘 몰랐다. 예뻐만 하고 끝날 일이 아니었다. 살펴야 할 일도 많았고 조심해야 할 일도 참 많았다. 우리 가족은 다비와 함께하며 많은 것을 배워 나갔다. 건강한 다비와 좀 더 오래 함께하고 싶었으니까.

° 내 품안 의 다비, 내 옆에 빠삐

나의 가족이
되어줄래?

° 방울이와 함께 찰칵

° 빠삐와 함께 찰칵

나의 가족이
되어줄래?

행복을 주는 너

수능을 마치고도 대학 입시 실기 시험을 준비하며
매일같이 레슨과 연습을 다녀야 했다. 그 길을 늘
엄마와 다비와 함께했다. 내가 1시간 레슨을 받는
동안 엄마는 다비와 함께 기다렸다가 나를 다시 태
우고 집으로 돌아오곤 했다.

그 전에는 혼자 차에서 나를 기다리던 엄마는, 다
비가 가족이 된 이후로는 그 시간을 함께 보낼 수
있어 지루하지 않고 좋다고 했다. 레슨 시간 동안

긴장으로 신경이 곤두서 있어서 끝나고 나오면, 그러면 안 되지만 엄마에게 짜증을 내곤 했다. 그런데 다비가 우리 가족이 된 이후로는 차를 열면 다비를 만날 수 있단 생각이 들면서 들뜬 마음으로 차에 오르게 됐다.

이런 소소한 변화가 모이니 우리 가족의 일상이 달라졌다. 다비의 존재 자체가 우리 가족에게는 엔도르핀이었던 것이다.

그렇게 몇 달이 지나고 1지망 대학 실기시험 날이 다가왔다. 분당에서 한양대학교까지 가는 길 역시 다비와 함께했다. 지금처럼 내비게이션이 있던 때가 아니어서 교통상황을 잘 알지 못했고 예상과는 다르게 교통체증이 엄청난 날이었다.

8시 반에는 실기시험장에 도착해 대기해야 하는데 아주 여유롭게 출발했음에도 불구하고 8시가 될 때까지 분당을 빠져나가지 못하고 있었다. 혹시라도 시험을 놓치면 어쩌나 하는 불안감이 몰려왔고 그때부터 나는 훌쩍훌쩍 울기 시작했다. 아빠는 수험표를 창문 밖으로 흔들며 어떻게든 제시간에 도착하기 위해 다급하게 운전을 했고, 엄마는 나를 달래기 위해 애썼다. 하지만 눈물은 멈추지 않았다.

감정이 격해져 엉엉 울고 있는 나를 진정시킨 건 다름 아닌 다비였다. 내 품에 안긴 다비는 내 얼굴을 핥아주었는데 꼭 괜찮다고 말해주는 것 같았다. 다비를 품에 안으니 이상하게 진정이 되었다. 작고 폭신하고 따뜻한 다비를 안고 있으니 왠지 모르게 힘이 나며 마음이 편해졌다. 작은 동물이 주는 위로는 꽤나 컸다.

다행히 실기 시작 10분 전에 아슬아슬하게 도착했다. 그날은 우리 가족에게 다비와의 추억을 곱씹을 때 자주 오르내리는 이야기이다.

동물보호협회가 있다고?

어릴 적에 아빠와 함께 등산을 자주 갔다. 학년이 올라가면서 과제며 학원이며 할 일이 많아지다 보니 점점 아빠 혼자 등산을 가는 날이 잦아졌다. 그러다 다비가 조금 자라고부터 아빠는 매주 다비를 데리고 등산을 다녔다. 그 덕분에 작고 귀여운 저체중 솜뭉치였던 다비는 말도 부럽지 않은 튼튼한 허벅지를 가지게 되었다. 그뿐만 아니라 아빠가 다니는 산 이름을 따서 '대모산 매봉산 날다람쥐'라는 별명도 얻게 되었다.

다비는 우리 가족의 일상에 결코 빼놓을 수 없는 소중한 존재가 되었다. 잠을 잘 때도 서로 데리고 자겠다고 아우성이었고, 집에서 뒹굴뒹굴 쉴 때면 다비를 서로 불러대며 곁에 두려고 안달이었다.

다비가 온 지 2년이 된 2003년 어느 날, 다비를 품에 안고 누워서 TV를 보고 있었다. 마침 백구가 나오는 장면이어서 "다비야, 다비 친구 나온다." 하면서 채널을 멈추었다. 다비가 없었다면 아마 채널을 멈추지도 않았을 거다.

철장 안에 있던 백구는 주인이 다가오니 연신 꼬리를 흔들었다. 그런 백구를 주인은 목덜미를 잡고 밖으로 꺼냈다. '백구를 데리고 산책 나가나 보다.' 하며 느긋이 시청했는데 그것은 나의 큰 오해였다. 백구의 주인은 백구의 목에 밧줄을 채웠다. 백구는 매우 괴로워했다. 그 순간 나는 벌떡 일어나 비명을 질렀다. 백구가 화면 속에서 죽어 가는 장면을 목도한 것이다.

시간이 얼마나 흘렀는지 모르겠고 흥분과 분노와 슬픔이 가라앉지 않았다. 저 프로그램이 뭔지, 도대체 저게 무슨 일인지 알고 싶었다. 오로지 백구를 구해야겠다는 생각뿐이었다.

바로 컴퓨터로 달려갔다. 머릿속은 복잡했고 심장은 미친 듯이 뛰어댔다. 시청자 게시판을 찾아 들어갔는데 이미 나와 같은 충격을 받은 사람이 많았다. 스마트폰도 없고 인터넷으로 정보를 찾기에도 수월하지 않았던 시대였기에 모두가 혼란스러워하는 분위기였다.

분노하는 사람, 진위 여부를 묻는 사람 등등 다양했다. 그중에 어떤 사람이 올린 글이 눈에 들어왔다. 동물보호협회라는 곳이 있다는 내용이었다. 그곳에 들어가면 이러한 상황을 막을 방법들을 모색하고 행동으로 옮기는 사람들이 있다는 글이었다. 당장 링크를 타고 홈페이지에 방문했다.

금선란 대표가 대구에서 운영하는 동물보호협회였

다. 이런 곳이 있을 거라곤 상상도 해본 적이 없었다. 동물들을 위해, 동물을 보호하고 더불어 살아가기 위해 일을 하는 사람들이 있다고?

당시에 나는 성악과 2학년에 재학 중이었고 성악을 하는 사람들에게 개고기는 보양식으로 널리 알려져 있었다. 단체로 몸보신을 하러 다니는 것이 일상적이었으며 성악과 학생들뿐 아니라 많은 사람에게 '개고기=보양 음식'이라는 인식이 보편적이었다. 하지만 나는 다른 식용 가축들처럼 식용 개도 체계적인 환경에서 다 클 때까지 잘 관리된 후 편안하게 죽음을 맞이해 식용으로 이용될 거라고 막연히 생각했다. 그러나 이 모든 생각은 나의 착각이었다.

나의 가족이
되어줄래?

나의 가족이
되어줄래?

초라하고 무모하지만 열정적으로

한국 동물보호협회라는 곳을 자세히 조사했다. 어떤 일을 하는 곳인지, 전문가들이 모여서 일하는 집단인지, 이곳에 취직할 수 있는지……. 생명을 존중하고 동물의 안위와 복지와 행복을 위해 마음 쓰는 사람들이 모인 단체였다. 다친 생명들도 돌보고 구조도 하고 백구같이 잔인하게 죽임당하고 고통받는 상황에 있는 동물들을 위한 활동을 했다. 나는 주저하지 않고 회원가입을 했다.

먼저 고통받는 동물들의 현재 상황을 하나씩 다 찾아보았다. 신세계가 따로 없었다. 그야말로 미지의 세계였다. 나는 아무것도 모르고 있었다. 고통받는 동물들이 지금 이 순간에도 수도 없이 많다는 데 충격을 받았다.

'고통이라고 생각도 못 했던 일들이 동물들에겐 고통일 수도 있구나. 나는 무슨 일을 할 수 있을까? 내가 어떤 도움이 될 수 있을까? 이 세상을 과연 바꿀 수 있을까?'

처음 알게 된 사실들에 아무것도 손에 잡히지가 않았다. 말도 안 되는 환경에서 키워지는 식용 개, 펫 샵에서 팔리는 강아지와 고양이……. 다비 또한 펫샵에서 돈을 주고 사왔지만 이제는 우리 막둥이가 되었다. 다비만 예뻐했던 나는 그 고통받는 동물들이 다비의 형제자매일 수도 있고 친구들일 수도 있고 어쩌면 다비가 되었을 수도 있다는 생각에 잠을 잘 수가 없는 지경에 이르렀다.

며칠 밤을 새며 닥치는 대로 자료를 찾아보았다. 대부분이 불법 도축, 불법 도살이지만 너무 광범위해서 제대로 된 신고도 이루어지지 않았고 법의 사각지대에 있는 터라 당장 개선도 어려워 보였다. 식용을 위해 따로 체계적으로 관리되어 키우는 곳은 없었다. 키워지다 버려지거나 잃어버리면 언제든 개장수 손에 들어가 잔인하고 끔찍하게 사육되다가 죽임당할 수 있는 것이다. 아주 잔인하고 고통스럽게 말이다.

나아가 개고기에 관한 조사를 시작했다. 정말 개고기가 몸에 좋은지, 그렇다면 정확한 근거가 있는지 혈안이 되어 찾았다. 어디에도 개고기가 몸에 좋다는 의학적 과학적 근거는 찾지 못했다. 나의 정보를 찾는 능력이 부족해서일 수도 있지만 개인적인 소견들만 있을 뿐 정말 정확한 근거는 찾을 수 없었다. 설사 몸에 좋다 한들 이런 방식은 아닌 것 같다는 생각으로 발전했다. 그다음으로 개고기 대용식은 없을까 찾아보았다. 그 결과 가장 합리적이고 설득력 있는 글을 발견했다.

나의 가족이
되어줄래?

나의 가족이
되어줄래?

모든 자료를 모은 나는 개고기가 몸에 좋은 근거는 없다는 것과 개고기가 만들어지는 비인간적인 과정을 알리기로 했다. 가장 설득력 있는 글을 모아 A4용지에 들어갈 만큼 추려 정리하고 프린트했다. 그리고 학교 동아리 부원들을 한자리에 모았다. 10명 남짓 모인 자리에서 나는 개고기가 몸에 좋다는 근거는 없으며 그 생산 과정은 정말 비합리적인데다 비위생적이고 잔인하다는 사실을 알렸다. 그런 과정을 통해 얻은 음식이 몸에 좋을 수가 없다고 목청을 높였다. 돌아오는 답은 회의적이었다.

'그러면 닭은? 소는? 돼지는? 그 동물들은 어떻게 도축되고 도살되는데? 다 똑같은 거 아니야? 왜 개만 먹지 말자는 거야? 왜 너의 말을 들어야 하는데?'

싸늘한 반응이 돌아왔다. 고작 몇 달 준비한 자료로는 대응할 수 없었다. 참패했다. 답답하고 속상한 마음에 집에 돌아와 하염없이 울었다.

그러다 문득 '내가 왜 울고만 있지? 어떠한 반격에

도 대응할 수 있도록 능력과 지식을 키우면 되는 거 아니야?'라는 생각이 들었다. 나는 좀 더 많은 타인의 공감을 얻고자 이 주제에 대해 공부했다. 이 정도 열정으로 공부를 했으면 서울대도 도전해볼 만하지 않았을까 싶을 정도로 파고들었다. 21년 인생에 이토록 무언가에 빠져서 공부해본 적이 있었던가 싶을 정도의 열기였다.

정말 신기한 게 지금 생각해보면 난 지치지 않았던 것 같다. 내 동생 다비를 위한 일이라는 생각에 멈출 수가 없었다. 내가 근성이 있다는 것을 그때 처음 알았다. 스스로 이해가 가지 않았지만 브레이크가 고장 난 것처럼 무조건 직진이었다. 의심하고 되짚어볼 시간이 없었다. 그냥 마음이 시키면 해야지 이렇게 마음이 아프면 뭐라도 내가 해야지 싶었다. 그런 게 사명이라는 거겠지.

오랜 시간 이론으로 무장하기 위한 노력을 거듭한 후 방법을 바꿨다. 다시 A4용지를 품에 안고 학교로 나섰다. 직접적으로 전단지를 나눠주며 설득하려 하지 않았다. 그냥 여기저기에 뿌렸다. 사람들이 밥 먹는 식당에, 벤치에, 강의실 들어가는 입구에 말이다. 그리고 친분이 있다 싶으면 평소 대화하는 것처럼 자연스레 메시지를 섞어 말했다.

"야, 그 얘기 들었어? 개고기가 몸에 좋은 게 아니래. 그 과정이 엄청난가 봐. 지상파 다큐멘터리에도 나왔대. 조심해야 할 것 같아 그치?"

나는 그동안 갈고닦은 정보들을 어디서 들은 것처럼 술술 말했다. 그러자 사람들이 하나둘 내 이야기에 스며들었다. 그렇게 며칠을 보냈다. 물론 종일 고군분투하는 게 쉬운 일은 아니었다.

'너무 힘들다. 이게 보통 일이 아니구나. 내가 뭐라고 내가 누구 생각을 어떻게 바꾸겠다고. 나 따위가…….'

그런 생각에 잠겨 집으로 향하고 있는 순간, 뒤에서 우르르 내려오던 음악대학 학생들의 소리가 들렸다.

"개고기가 몸에 안 좋다며? 들었어?"

사람들이 내 이야기에 처음으로 반응을 보이기 시작했다. 더없이 뿌듯한 순간이었다. 그래 이렇게 하나씩 차근차근 오래오래 소문을 내면 누군가는 나처럼 궁금증을 품을 것이고, 누군가는 나처럼 진실을 알고 싶어질 것이다. 그러다 보면 지금보다는 더, 비록 속도가 더디더라도 인식이 하나씩 바뀔 수도 있겠구나 싶었다.

이렇게 나의 동물보호 운동은 외롭고 초라하고 무모했지만 열정적으로 시작되었다.

° 동물자유연대를 통해 입양한 빠삐

° 빠삐와 스튜디오 촬영

76·77

나의 가족이
되어줄래?

(둘)

하나씩 하나씩

내가 할 수 있는 한

구조 활동에 참여하다

내 나름의 노력 덕분에 친구들의 개고기에 대한 인
식은 바뀌었다. 늘 인식을 바꾸려 노력했다. 물론
인식이 바뀌지 않고 보양식을 찾아다니는 사람도
있었다. 나는 멈추지 않고 꿋꿋이 그 길을 향해 걸
어갔다.

한국동물보호협회는 반려동물들을 위한 활동에 힘
을 보태려는 사람들이 모이는 곳이라 나는 그곳에
마음이 많이 갔다. 공감하고 위로하고 응원하면서

하나씩 하나씩
내가 할 수 있는 한

고통받고 학대당하는 동물들을 위해 할 수 있는 일부터 함께 시작했다. 그런 활동은 내 삶의 소중한 일부가 되었다.

어느 날 뉴스를 보는데, 인천에서 컨테이너 생활을 하던 사람이 재개발 때문에 이주 통보를 받고 쫓겨나는 보도가 나오고 있었다. 개를 키워 식용으로 넘기는 일을 하는 소규모 개 농장을 운영하는 사람이었다. 철장 안에 있는 개들과 함께 쫓겨나게 되었다는 내용이었다. 그 컨테이너 주인은 식용을 위해 개들을 철장 안에 한데 모아 키웠다. 새끼를 쉴 틈 없이 낳게 하고 음식도 제대로 주지 않았다. 먹다 남은 음식을 던져주는 식이어서 배가 고픈 개들이 새끼를 잡아먹는 일도 있었다고.

정확한 뉴스 타이틀은 기억나지 않지만 인천 개 지옥 사건에 관한 소식이었다. 그동안 자료들을 통해 많은 동물 학대 사건들을 보긴 했으나 그 잔인함에 또다시 심장이 요동치기 시작했다. 무서웠다. 그리고 그 컨테이너 아저씨에게 소리치고 싶었다. 지금

당장 멈추라고.

바로 기사를 검색했다. 어느 한 동물보호 단체에서 그 개들을 구조하기로 했다는 정보를 알게 되었고 곧장 홈페이지에 접속했다. 그곳에서, 그 단체가 소유하고 있는 보호소로 구조된 개들이 이동하는 걸 도와줄 자원봉사자들을 구한다는 공지를 보게 되었다. 내가 행동으로 옮길 수 있는 기회였다.

무슨 용기였는지 바로 신청을 했고 친구와 함께 약속된 날짜에 처음으로 '보호소'라는 곳을 찾아가게 되었다. 두근두근 떨리는 마음으로 찾아간 곳에는 아직 구조된 아이들이 도착 전이었다. 기존에 보호되고 있던 아이들의 견사를 치워주고 물과 사료를 주는 일을 했다. 처음 하는 일이라 낯설고 어려웠다.

몇 시간이 지났을까 엄청 큰 차들이 줄지어 들어오기 시작했다. 개 지옥에 있던 아이들이 도착한 것이다. 피범벅이 되어 있는 아이들, 흥분을 가라앉히지 못해 케이지 안에서 머리를 박아 가며 탈출하려는 아이들, 겁에 질려 눈도 제대로 못 뜨고 움츠린 채 벌벌 떠는 아이들, 죽어 가는 새끼들……

그래도 조금은 덜 위험하게 살 수 있는 곳으로 옮겨졌는데 여전히 고통스러워 보였다. 한 인간의 이기심으로 인해 아무 잘못 없이 고통받는 생명들이었다.

처음으로 봉사라는 것을 참여해보았으나 끝나고 돌아오는 발걸음은 무거웠다. 그래도 그 아이들을 볼 수 있어서, 조금이나마 힘을 보탤 수 있어서 다행이라는 생각은 위안일 뿐 현실은 참담했다.

'그래, 이게 현실이구나. 이게 대한민국에서 살아가는 동물들의 현실이구나.'

단편적인 모습이었지만 많은 것을 깨달았던 것 같다. 조금 더 해보자. 뭐라도 해보자. 처음 시작처럼 공격적인 태세는 많이 사라지고 현실을 보기 시작했던 계기가 되었다.

하나씩 하나씩
내가 할 수 있는 한

나의 첫 구조 활동

어느 날, 수업을 마치고 강의실을 빠져나오는 길이었다. 음악대학 건물 끝 무렵에서 노천극장까지 이어지는 도로가 있는데 평소와 달랐다. 계단을 내려가기 전 하얀 털들이 흩날리고 있었다.

'이거 동물 털인 것 같은데 이상하다? 웬 털이 이렇게 날리고 있지?'

빠른 걸음으로 다가가 주변을 살폈다. 비둘기였다!

비둘기가 차에 치인 모양이었다.

'근데 왜 사체가 없지?'

주변에 주차된 차들 밑을 살살이 살피던 중 차 밑에 웅크리고 가쁘게 숨을 쉬고 있는 하얀 비둘기를 발견했다. 몸집이 아주 크지 않을 걸 보니 새끼인 것 같았다. 아무래도 교정을 오가는 차나 배달 오토바이에 치인 듯싶었다.

걸옷을 벗고 차 밑으로 들어가 조심스럽게 아기 비둘기를 감싸 안았다. 조금의 몸부림도 없이 그냥 내 손에 그 조그만 몸을 맡겼다. 아마도 저항할 힘도 없었을 거다. 바로 한국동물보호협회 대표님에게 급히 전화했다.

"비둘기가 차에 치인 것 같아요. 힘든 건지 눈도 힘들게 꿈뻑이고 숨도 힘들게 쉬는 것 같아요 어떻게 해야 해요? 조류는 처음이에요. 비둘기는 더럽고 병균도 많다고 들었는데 만져도 될까요? 저희 집에는 강아지가 있는데 데려가도 괜찮을까요?"

질문을 쏟아냈고 대표님은 차분하게 대답해주었다.

"우선 비둘기가 병균 덩어리라는 건 편견이에요, 다해 씨. 정확히는 아니어도 비둘기보다 사람 손에 병균이 더 많을 거예요. 그 부분은 걱정 안 해도 될 것 같아요."

그러고는 이야기를 계속 이어 갔다. 야생동물은 자생능력이 있어서 잘 보살펴주면 스스로 나을 거라는 거였다. 그때만 해도 야생동물을 위한 병원은 찾아보기 힘들었다. 여기저기 알아본 결과 내가 집으로 데려가서 케어를 하는 게 최선이라는 결론을 내렸다.

비둘기를 품에 안고 집으로 들어서던 순간 엄마의 표정을 잊을 수가 없다. 지금 생각하면 얼마나 기가 막혔을까 싶다. 얼마간 잔소리를 듣고 나서 베란다에서 돌보기로 했다.

하나씩 하나씩
내가 할 수 있는 한

걱정되는 마음으로 하룻밤을 보내고 눈뜨자마자 베란다로 나갔다. 그날은 종일 비둘기와 시간을 보내기로 했다. 준비한 빵을 직접 손으로 먹여볼 생각이었다.

'어? 어제보다 컨디션이 좋아 보이는데?'

똘망똘망한 눈으로 나를 지긋이 쳐다보는 것이 아닌가. 조심스럽게 부드러운 빵을 조금 떼어 주었더니 금세 받아먹었다. 어제에 비해 활동량이 늘진 않았지만 배변 활동도 있었고 물도 조금 먹었고 내가 주는 빵도 받아먹었다.

신기하게도 바닥에 놓아주면 안 먹고 내가 손으로 주는 것만 받아먹었다. 조류와도 교감을 할 수 있구나. 아니, 살아 있는 모든 생명은 이렇게 서로 교감을 할 수 있구나. 모든 것이 감동이었다.

그래, 너도 이름을 지어줘야겠다. 이름으로 불러야겠어. 한 생명으로 잘 보살피고 보듬어줘야겠어,

그러려면 이름이 필요해. 비둘기이고 내가 배씨니깐 '배둘기'로 해야겠다. 처음으로 내가 구조한 동물은 하얀 새끼 비둘기 '배둘기'였다.

하나씩 하나씩
내가 할 수 있는 한

하나씩 하나씩
내가 할 수 있는 한

안
녕,
배
둘
기

배둘기는 나를 가장 좋아했다. 하루 종일 가만히 앉아 있는 게 전부였지만 고갯짓으로 나를 살짝살짝 무는 시늉을 하며 장난도 쳤고 내가 주는 밥을 아주 잘 받아먹었다. 그렇게 이틀이 지났다. 밥도 잘 먹고 배변 활동도 하며 상태가 호전되는 것 같았다. 말로는 잔소리를 하면서도 배둘기에게 새집을 만들어주고 물도 갈아주며 온 가족이 돌보았다.

셋째날 밤, 배둘기의 수건을 갈아주던 엄마가 "다

해야 둘기가 안 좋아 보인다."라고 했다. 가보니,
사람으로 치면 심한 감기에 걸렸을 때 모습처럼 기
력이 없어 보였다. 배둘기의 머리를 살짝살짝 쓰다
듬으며 "둘기야, 힘내. 할 수 있어. 맛있는 거 많이
먹고 회복해서 다시 훨훨 날아야지."라며 몇 시간
을 곁에 앉아 떠들었다.

다음 날 아침, 몇 시간 잠을 자지 못하고 눈이 뜨였
다. 바로 배둘기를 보러 갔는데, 아무리 불러보고
만져봐도 미동이 없었다. 눈물이 쏟아져 나왔다.
버려주길 바랐는데, 잘 이겨내서 다시 날개 펴고
훨훨 날아가서 행복하게 살길 바랐는데……

내가 처음으로 구조했던 동물, 배둘기는 3일 동안
우리 집에서 아픈 몸을 추스르다가 하늘나라로 갔
다. 그때는 너무 허망하고 슬프고 가슴이 아파서
울기만 했는데, 지금 생각해보면 길에서 혼자 쓸쓸
하게 죽어 가는 것보단 우리 집에 와서 배둘기라는
이름도 가져보고 나랑 손장난도 쳐보고 빵도 먹고
예쁨도 받으며 있다 갔으니 마지막 기억은 조금 따

뜻하지 않았을까. 부디 그랬으면 좋겠다.

아직도 너무 선명한 예쁘고 똘망똘망한 눈을 가진
배둘기야.
다시 훨훨 날지 못해서 너무 아쉽고 속상하지만 너
와 함께한 3일 동안 나는 정말 행복했어.

내 눈에 띄어서 내 품에 너를 맡기고 우리가 조금
이라도 돌볼 수 있는 시간을 허락해줘서 고마워.
너에게도 따뜻했던 3일이었길 바라. 안녕, 내 배둘
기야.

하나씩 하나씩
내가 할 수 있는 한

배자매의 참새 구조 작전

배둘기에 대한 슬픔이 잦아들 무렵이었다. 언니와 둘이 집에서 TV를 보고 있는데 새소리가 엄청 크게 들렸다. 배둘기 때문에 새소리가 환청으로 들리나 보다고 농담을 주고받으며 TV에 집중했다. 그런데 새 울음소리는 잦아들 기미가 보이지 않았다. 마치 바로 옆에서 들리는 것 같았다. 마치 집 안에 새가 있는 것 같이 새소리는 생생하고 컸다.

언니와 나는 집 안 곳곳을 둘러보았다. 그래도 새

하나씩 하나씩
내가 할 수 있는 한

는 없었다.

"언니, 현관 밖이다. 나가보자."

문을 열고 나가보았다. 짹짹짹 소리가 쩌렁쩌렁 울렸다. 아파트 건물 안으로 새가 들어온 것이 분명했다. 참새 두 마리가 창문가에 있었다. 창문 밖으로 나가려 시도하고 있었으나 시야가 넓은 탓인지 창문이 투명해서인지 반은 닫혀 있고 반은 열려 있는 공간을 인지하지 못하고 창문에 연신 부딪히기를 반복하고 있었다.

너무 작고 빠른 참새를 구할 자신이 없었지만 저 상태가 반복되다가는 목숨을 잃을 게 분명한 속도였다. 몇 분이나 지났을까 기절했는지 땅에 떨어져 움직이지 않았다. 우선 새가 놀랄 것 같아서 집에 들어가 면장갑을 찾아 끼었다. 장갑을 끼고 기절해 있을 때 안아서 밖으로 날려 보내자는 게 우리 자매가 생각해낸 구조 방법이었다.

그런데 참새를 손에 잡으려고 하면 도망가고, 잡으려고 하면 또 창으로 날아가 부딪쳤다. 둘이 힘을 모아봤지만 요령이 없어서인지 자꾸 실패했다.

참새도 많이 힘들었던 모양이다. 잠시 눈을 감고 쉬고 있었다. 이때다 싶어 언니와 한 마리씩 말아 얼른 손 위에 올려 뚫려 있는 창문 쪽으로 팔을 잽싸게 뻗었다. 정신을 차린 참새는 창문 밖으로 훨훨 날아갔다. 두 번째 조류 구조에 성공했다.

그날 저녁, 언니와 나는 부모님에게 무용담을 털어놓았고 크게 칭찬을 받았다. 하늘을 훨훨 날고 있을 참새들을 떠올리며 기분 좋게 잠들었다. 앞으로도 도움이 필요한 동물을 돌아보며 살겠다고 다시 한번 다짐했던 날이었다.

하나씩 하나씩
내가 할 수 있는 한

채
식
주
의
자

나는 어엿한 동물구조대였다. 새를 구조했던 두 번
의 경험 이후, 늘 주변에 도움이 필요한 동물이 있
는지 살폈다. 동네에서 깨갱대는 강아지나 고양
이 소리를 들으면 바로 나가 혹시라도 학대하는 사
람이 있나 살펴봤다. 운전을 하고 다니면서는 혹
시 차에 치어 고통스러워하는 동물이 없나 살폈다.
동물들에게 마음을 쓰며 살아간 지 3년 차 되었던
2006년의 일이다.

평소 게임을 좋아해서 언니와 친구들과 PC방을 자주 찾았다. 게임을 시작하기 전에 밀린 싸이월드 댓글들을 보기도 하고 인터넷 뉴스를 보기도 하곤 했는데 그중 첫 번째로 들르는 곳이 동물보호협회 사이트였다. 글도 쓰고 댓글도 쓰고 문의도 하고 건의도 하며 체크했다. 아주 긴 시간이 필요하진 않았다. 그저 게임을 하기 전 루틴 정도였다.

그날도 여전히 출석 체크를 하며 동물보호협회 사이트에 들어가 글들을 읽다가 이런저런 궁금증에 여기저기 사이트들을 검색하고 있었다. 그러다 또 다른 다큐멘터리가 방영되었다는 소식을 접하게 되었다. 그 시절 나에게 전부였던 게임을 뒤로한 채 다큐멘터리를 보기 시작했다. 돼지가 사육되는 과정을 담은 다큐멘터리였다.

좁디좁은 철장 안에서 앉지도 눕지도 못한 채 식용을 위해 사육되는 돼지는 배란 유도 주사를 맞으며 쉬지 않고 교미를 하고 새끼를 낳았다. 새끼는 젖을 떼기도 전에 어미랑 분리가 되고 태어난 지 얼마 되지 않아 이빨이 뽑히고 열 개 정도에 달하는 주사를 맞았다. 이빨이 뽑히는 이유는 좁은 철장 안에서 움직이지 못한 채 살다 보면 잠재적 스트레스가 극에 달해 철장을 물어뜯거나 바로 옆의 돼지를 공격해서였다.

돼지는 모성애도 강하고 가족애가 강하다고 한다. 돼지는 더럽다는 편견이 무색할 만큼 깔끔한 동물이고, 흙을 파고 흙의 냄새를 맡고 가족이 한 무리를 지어 다니며 서로를 의지하는 사랑스러운 동물이라고 한다. 그런데 얼마나 스트레스가 극심하면 그럴까.

다큐멘터리를 제대로 볼 수 없었다. 너무나 당연하게 우리가 매일같이 먹는 음식 중 하나가 돼지였기 때문이다. 죄책감을 감당해낼 자신이 없었다. 나는 무엇을 할 수 있을까. 돼지의 식용을 막을 방법은 내 힘으로는 불가능한 이야기였다. 끝까지 보지 못하고 엎드려 울었다.

'이를 어쩌지, 너무 불쌍한데, 정말 어떡하지.'

잔인하고 받아들이기 힘든 장면들은 조금씩 넘기
며 다시 시청하기 시작했다. 3년 전 봤던 개고기에
대한 고발을 다룬 르포 기사와 닮아 있었지만, 아무
래도 돼지는 보편적인 식용 가축이다 보니 충격적
인 사실들을 전달하는 데 그치지 않고 대안이 담겨
있었다. 자연농업을 하는 사람들을 보여준 것이다.

동물들이 가장 편안하고 자유롭게 사육되고 자라
날 때 오히려 최상의 고기를 만들어낼 수 있다는
아이러니한 결론이었다. 하지만 이내 설득력이 있
다는 생각이 들었다.

좁은 철장 안에서 항생제만 맞아 가며 스트레스에
시달리고 기본적인 권리조차 보장받지 못하며 자
라는 고기의 질이 좋을 수는 없다는 내용이었다.
거기에 더해 오히려 본능에 충실할 수 있게 자유롭
게 방목해서 길러주고 도살할 때도 전문가와 함께
도의적인 방법으로 고통을 최소화 하면 기르는 사

람도 죄책감을 덜고 더 좋은 상태의 좋은 질의 고기를 생산해낼 수 있다고 했다. 이 의견에 힘을 실어줘야겠다 싶었다.

전 세계적으로 사람이 먹는 음식이라는 명패를 가지고 살아가야 하는 동물이라면 적어도 기본적인 존중이 있어야 하지 않을까. 도축하는 사람뿐만 아니라 소비하는 사람에게도 죄책감을 덜 수 있다면 그게 인도적이지 않을까. 이런 게 동물과 더불어 살아가는 세상이 아닐까.

찾아보니 돼지뿐 아니라 소, 닭 등 모든 가축에게 해당되는 이야기였다. 그러나 자본주의 사회 공장처럼 모든 것이 빠르게 흘러가고 유통되는 이 사회에서 자연농업이 현실 가능성이 높은 대안일까? 답은 부정적이었다.

이제 이 사회는 공장식 축산에서 벗어나 좀 더 인도적인 방법을 지향해 나가야 한다는 결론이었다. 이 문제를 더 깊숙하게 알고 싶어졌다. 한국동물보

하나씩 하나씩
내가 할 수 있는 한

호협회는 대표님 한 분이 소소하게 보호소를 가지고 운영해 나가는 곳이었기에 아무래도 반려동물에 국한되어 있을 수밖에 없는 시스템이다. 이미 충분히 훌륭한 곳이지만 더 넓게 반려동물뿐 아니라 야생동물까지 모든 생명을 다루는 동물보호협회가 혹시 있지 않을까 검색했다.

그때 운명처럼 만난 곳이 바로 동물자유연대이다. 이곳은 반려동물뿐 아니라 좀 더 광범위하게 야생동물까지 기본적인 존중과 생명을 위한 인도적인 방향성을 제시하는 곳이었다. 주저하지 않고 가입을 했다.

그곳에서 또 많은 정보를 접하게 되었고 역시나 내힘만으론 당장 바꿀 수 있는 게 아무것도 없음을 깨달았다. 그럴 때마다 참 무기력해진다. 내가 할수 있는 일이 없을 때의 절망과 좌절은 무엇으로도 채워지지 않는다. 그렇다고 좌절만 해서는 달라지는 게 아무것도 없다. 내가 할 수 있는 작은 일을 찾아보았다. 그리고 찾아낸 게 '채식'이었다.

'그래. 나라도 육류를 먹지 말자. 내 마음 불편한 거 남한테 강요하기 이전에 나 먼저, 아니 나라도 실천해보자.'

채식을 실천하기로 한 건, 동물보호 운동을 한 지 3년 만이었다. 더 이상 내가 바꿀 수 없다는 현실을 깨닫고 그냥 혼자서 적어도 동물은 먹지 말아보자 다짐했다.

° 위부터 나타샤, 아르(2013년 촬영)

하나씩 하나씩
내가 할 수 있는 한

채식주의자 선언

대부분의 동물 보호 운동가는 채식을 한다. 아마도 나와 같은 이유에서 시작하지 않았을까? 누구에게 과시하기 위해서도 아닌 정말 가슴이 아프고 무언 가라도 돕고 싶은 마음에서 말이다.

나의 이런 결심에 가장 크게 놀란 건 주변 사람들이 었다. 그들 입장에서는 매우 갑작스런 선언이었다.

"나 이제 고기 안 먹으려고, 도저히 이거 말곤 내가 할 수 있는 방법이 없어."

나의 갑작스런 채식주의자 선언에 누군가는 의아
해했고 또 누군가는 비웃었다. 공통적으로 주변 사
람들은 이해하지 못하겠다는 반응이었다. 그러나
주변 사람들의 의견은 내 결심에 영향을 끼치지 않
았다. 그저 난 신념이 생겼을 뿐이었고 그것을 지
키고 싶었다.

그런데 채식이라는 게 생각보다 쉽지 않았다. 고기
가 들어가지 않은 음식을 찾으려니 왜 이렇게 먹을
게 없는지.

"동물성 기름도 그럼 먹지 말아야 하는 거 아니야?"

"너 채식하는데 달걀은 먹어?"

"그럼 생선은? 물고기는 괜찮고? 물고기도 고통을
느낀대."

"풀도 생명인데 풀은 괜찮고? 식물도 고통스러웠
던 순간을 기억한대."

이 모든 것이 채식을 하는 나에게 들이대는 잣대들이었다. 고운 시선은 거의 없었다. 그들의 반응을 순순히 받아들이기에는, 나는 그렇게 착하고 너그러운 사람은 아니었다. 때때로 반박을 하기도 하고 날카로운 말들을 내뱉기도 했다. 물론 채식을 하겠다는 신념은 굽히지 않았다.

한편, 동물자유연대에 가입을 하고 보니 내 힘으로도 여러 가지 할 수 있는 일이 있음을 알게 되었다. 먼저 서울뿐만이 아닌 여러 지역에서 일어나는 비상식적인 동물 학대에 대해 함께 탄원서를 제출하는 일이다. 예를 들면 투견, 소싸움, 꽃마차 등 누가 봐도 잔인하고 기본적인 동물의 권리(동물보호법 기준상)에 위배되는 행위 말이다. 탄원서를 제출하여 무조건 반대하고 금지하는 게 목표가 아니다. 최종 목표는 인간과 동물에게 서로 좋은 방향으로 바로잡아 나가는 것이다.

컴퓨터 앞에 앉아 동의하고 제출하고 짧게 혹은 길게 글을 쓰고 전화로 가끔 민원을 넣었다. 혹자는

'고작'이라고 표현할지도 모르겠다. 하지만 인간과 동물이 공존하는 세상 만들기에 힘을 보탤 수 있는 방법을 찾아 실천할 수 있어 나는 기뻤다.

'그래, 내가 대단한 사람도 아니고 이렇게라도 조금 씩 참여하자. 깃발 들고 나가서 독립운동처럼 나아 간들 나 하나 때문에 세상이 당장 변하지 않더라도 혼자 조용히 이렇게 할 수 있는 일들을 하자.'

무모하게 시작한 채식을 유지해 나갔으며 동물자 유연대 활동을 이어 나갔다.

LIFEABOUTCUE MAGAZINE
×THANKYOU STUDIO

PROTECTUS
THE 1ST CAMPAIGN

우리는 '동물보호법' 개정을 원합니다.
동물들이 겪는 고통과 학대를 막고,
그 권익을 지킬 수 있도록 힘을 모아 주세요.

PROTECTUS

°동물보호법 개정 캠페인

하나씩 하나씩
내가 할 수 있는 한

블루엔젤
봉사단

내추럴발란스 블루엔젤봉사단
반/려/동/물/사/랑/캠/페/인

"사지 말고
입양 하세요"

명예봉사단원 〈가수 배다해〉

Natural Balance

° 동물자유연대 캠페인 촬영

하나씩 하나씩
내가 할 수 있는 한

어렵다, 채식주의자

채식에 대한 이야기를 좀 더 해봐야겠다. 친구들과 함께 밥을 먹으러 가면 한동안 "아, 나는 고기는 안 먹어."라고 알려야 했다. 시간이 조금 흐른 후에는 친구들이 나도 함께 즐길 수 있는 메뉴가 있는 식당을 찾는 일이 자연스러워졌다. 그때 나는 그게 친구들이 고맙게도 나를 배려해준 일이란 걸 몰랐다. 당연하게 주변에 이해를 구하면서 내 신념을 지키기 바빴다.

하나씩 하나씩
내가 할 수 있는 한

1년 반 정도 되었을 즈음, 채식에 완전히 익숙해졌다. 뜨거운 가슴보다는 이성적으로 했던 채식이 일상이 되었다. 앞으로도 무리 없이 신념을 지켜 나갈 수 있을 정도로……. 아니, 그럴 줄 알았다.

원래 나는 고기가 없으면 못 사는 정도는 아니지만 닭고기는 정말 좋아한다. 엄마가 나를 임신했을 때 백숙을 솥으로 먹었다고 하는데, 그 영향인지는 잘 모르겠다. 아이러니하게도 엄마는 닭을 별로 좋아하진 않는다. 배 속의 내가 좋아했던 모양이다.

어쨌든 나는 닭고기를 정말 좋아한다. 너무 창피한 일이지만 고백하자면, 채식한 지 1년 반이 되던 때 치킨집에서 나의 신념은 와르르 무너져 내렸다. 치킨을 먹어버린 것이다. 정말 맛있었다. 나도 어쩔 수 없는 나약한 인간임을 확인한 순간이었다. 식탐 앞에서 신념이 무너져 버린 우스운 순간이었다.

그날 이후 나는 채식주의자를 그만두었다. 잠깐 의식 있는 자의 모습을 하고 싶었던 건지도 모르겠

다. '그래, 너만 신념 있니, 신념만 있다고 그 힘든
일들을 아무나 할 수 있는 줄 아니. 너도 우리랑 같
아. 혼자 특별한 척하지 마.'라는 말이 들리는 것
같았다.

'나는 정말 동물을 위해 일을 하고 싶은 게 맞을까?
나는 정말 생명을 소중하게 생각하긴 하는 걸까?'
하고 스스로 질문을 하면서 죄책감에 휩싸인 채로
나는 고기를 먹는 사람으로 다시 돌아왔다. 내가
다시 고기를 먹는다고 했을 때 모두가 환영해주는
분위기였다. 1년 반 만에 몸에 주입된 '고기'는 나
와 내 주변에 평화를 가져다주었다.

차분하게 생각해보았다. 내가 채식을 시작한 건 과
시용이 아니었다. 동물 보호에 힘쓴다고 해서 채식
이 당연히 지켜야 하는 규칙도 아니었다. 어디까
지나 신념이었다. 그런데 왜 1년 반을 지켜온 신념
을, 치킨 한입에 무너졌을까. 한 번 어긴 신념은 그
걸로 끝인 걸까? 언제든 마음먹으면 다시 시작하
면 되는 일 아닐까? 다이어트처럼 말이다.

그때부터 나는 '채식주의자' 말고 '채식지향형 사람'이 되기로 했다. 때때로 나의 마음이 무거울 때 동물들의 입장을 더 생각해주고 배려해주고 지켜주고 싶은 그런 때 채식을 하는 것이다. 나약하다고 모순이라고 손가락질 받아도 할 말이 없지만 나름 찾은 절충안이다.

왜 나는 먹을 걸 이리도 좋아하는 사람으로 태어난 것이며, 그러면서 동물에 대한 마음은 왜 남들보다 조금 더 커서 이러한 갈등 속에 산단 말인가. 개탄스러울 따름이다. 그래도 이게 나인 것을. 이렇게라도 하면서 내 할 일을 하자. 과시용 말고 진심을 담아서 하자. 작은 일 하나를 하더라도.

채식주의자 말고 채식 지향

어느 날 경부고속도로를 운전하고 가다가 어미 오리가 새끼오리들이랑 1차선을 지나는 모습을 목격했다. 그 오리들은 막다른 1차선까지 와서 이러지도 저러지도 못하고 있는 상황이었다. 멀리서부터 오리들을 발견했지만 빠르게 달리는 고속도로이다 보니 구조를 할 수 있는 상황이 아니었다. 2차, 3차 사고가 발생하기 딱 좋은 상황이었다. 동물을 구조하자고 많은 사람의 목숨을 위험하게 할 순 없었다.

이미 몇몇 새끼들은 차에 깔려 피범벅이 되어 있었고 두 마리 새끼가 남아서 옆에 차가 지나갈 때마다 바람에 날려 이리 던져지고 저리 던져지고 있었다. 혼자 날아가면 충분히 살 수 있는 어미는 새끼 곁을 떠나지 않고 발을 동동 구르며 다가오는 차들을 아슬아슬하게 피하고 있었다.

위기 상황의 동물을 구하지 못한 건 그때가 처음이었다. 눈물이 터져 나와 더 이상 운전을 할 수 없어 졸음 쉼터에 차를 세웠다. 제정신이 아닌 채로 지나왔기에 정확한 위치를 몰라 신고도 할 수 없었다. 엄마에게 전화를 걸어 하염없이 울었다.

그날 나는 다시 채식을 시작했다. 짧게는 일 년, 길게는 수년씩 채식을 유지하다가 지치고 힘들면 다시 육식을 한다. 또다시 가슴 아픈 상황들을 접하고 견디기 힘들어질 땐 고기를 먹지 않는 일을 반복해 가면서 그렇게 채식주의자도 육식주의자도 아닌 채 조금은 비겁하고 모순인 모습으로 여전히 살아가고 있다.

다만 한 가지 변한 것이 있다면 다시 채식을 하는 시기에 굳이 주변에 알리지 않는다. 함께 식당에 가게 되더라도 그 안에서 고기가 없는 메뉴를 찾아 먹을 뿐이다. 타인에게 부담을 주면서까지 신념을 지키고 싶지 않다. 언제든 다시 육식을 하게 됐을 때 논란을 피하고 싶기도 하고 말이다.

° 나타샤와 준팔

° 준팔과 아르

하나씩 하나씩
내가 할 수 있는 한

(셋)

한 명씩 한 명씩
마음이 합쳐질 때

다비 동생 방울이

내가 대학을 졸업하기 직전의 일이다. 졸업생 선배 중에 여기저기 대학에 강의를 나가서 집을 자주 비우는 이가 있었다. 그래서 집에 있는 강아지를 후배들이 번갈아 가며 돌봐준다는 이야기를 들었다.

어느 날은 함께 있던 선배가 그 강아지를 돌보러 가야 하는 상황이 되었다. 그래서 얼떨결에 따라가게 되었다. 어떻게 강아지를 혼자 며칠씩 집에 둘 수가 있냐며, 이렇게 방치하는 건 동물보호법에 위배되

한 명씩 한 명씩
마음이 합쳐질 때

는 행위라는 불만을 토로하며 따라나선 것이다.

집에 가보니 곳곳에 주인의 정성이 묻어나긴 했다. 작은 원룸에 TV가 켜져 있었고 강아지가 침대로 편안하게 오르내릴 수 있는 강아지용 계단도 있었고 물과 사료도 충분했다. 아마 전날 담당자였던 후배 누군가가 단단히 준비해놓고 간 모양이었다.

선배의 강아지는 우리집 막둥이 다비와 같은 종인 말티즈였다. 다비보다는 체구가 작고 인형같이 생긴 외모였다. 까만 눈과 까만 코가 매우 매력적이었고 짖는 목소리가 매우 우렁찼다. 이름은 방울이였고 수컷이라고 했다. 혼자서 몇 날 며칠을 주인이 오기만을 하염없이 기다리며 외로워했을 방울이를 보니 그대로 두고 나올 수가 없었다.

이렇게 혼자 두느니 잠시 데려가서 돌보겠다고 그자리에서 방울이 보호자에게 전화를 했고 상대방은 1초의 망설임도 없이 좋다고 했다. 아주 고마워하는 것은 물론이고 말이다. 내 강아지가 혼자 있는 것보다 잘 돌보아줄 누군가와 함께할 수 있다면 얼마나 좋은지 나도 경험해봤기에 충분히 이해되었다.

그것이 나의 두 번째 임시 보호였다. 이미 많은 시간이 지났지만 다비에게는 미안한 마음을 전하고 싶다. 다비야 미안해. 혼자 있고 싶었을 수도 있는데 내 맘대로 동생을 데려와서 말이야.

한 명씩 한 명씩
마음이 합쳐질 때

° "방울아!" 하고 부르고 찰칵

°다비와 방울이

한 명씩 한 명씩
마음이 합쳐질 때

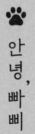

안녕,
빠삐

많은 시련과 시행착오 끝에 2010년 가수로 데뷔를 하게 되었고 의도치 않게 동물 보호에 대한 뜻을 알릴 기회가 있었다. 그러다 임시 보호에 대한 프로그램을 촬영하게 되었고 온라인 활동을 열성적으로 했던 동물자유연대의 관계자와 드디어 만나게 되었다. 동물자유연대 대표와 만나 이야기 나눌 시간이 주어졌고, 그 기회로 나는 동물 보호를 향해 한발 내밀 수 있게 되었다.

한 명썩 한 명썩
마음이 합쳐질 때

임시 보호 프로그램으로 만난 아이가 빠삐였다. 당시 다섯 살이었던 빠삐는 애니멀 호더에게 아주 오랜 시간 방치되어 있다가 습관성 탈구와 피부병을 앓게 된 믹스견이었다. 열 살 된 우리 다비와 비슷한 체격에 순하디순한 아이였다. 흔쾌히 촬영에 참여하기로 하고 빠삐를 집으로 데려왔다.

한 명씩 한 명씩
마음이 합쳐질 때

가족이 되기로 하다

식구는 점점 늘어났다. 부모님 댁에는 다비와 방울이 두 말티즈가 생활하고 있었고, 독립해 나온 집에서 빠삐를 임시 보호하게 되었다.

빠삐는 정말 귀여운 아이였다. 작은 갈색 곰돌이 혹은 수달같이 생긴 빠삐는 곧잘 입양이 되곤 했지만 가지고 있는 질병 때문에 파양이 되기 일쑤였다. 새로운 가족을 만나 낯설어하다 겨우 적응했을 텐데……. 여러 번의 상처를 입었을 빠삐를 생각하

한 명씩 한 명씩
마음이 합쳐질 때

니 가슴이 미어졌다.

빠삐를 임시 보호하는 동안 나는 촬영을 떠나, '이 아이를 반드시 좋은 곳으로 입양 보내고 싶다.'라고 진심으로 다짐했다. 굳게 마음을 먹고 최선을 다해 빠삐를 돌보았다. 촬영을 마치고 몇몇 문의가 있었던 기억이 있지만 최종 결정에서 입양 계획이 무산되면서 빠삐의 입양은 사실상 힘든 상황이었다. 임시 보호 기간이 길어지고 입양 문의가 전혀 없어졌을 때 부모님이 빠삐를 맡아주기로 했다. 어떻게든 좋은 곳으로 입양 보내고 싶었던 빠삐는 그렇게 우리 가족이 되었다.

그 이후 임시 보호의 의무와 책임감에 대해 더 절실히 깨닫게 되었다. 그 촬영을 계기로 임시 보호 일을 시작했다. 전문가의 의견을 수렴하고 사례들을 지켜본 후 신중히 임시 보호 후 입양 보내는 일이다. 우선은 응급으로 구조한 갈 곳 없는 아이들을 내가 잠시 임시 보호 했다가 구조자와 합심하여 입양을 보내곤 하였다.

한 명씩 한 명씩
마음이 합쳐질 때

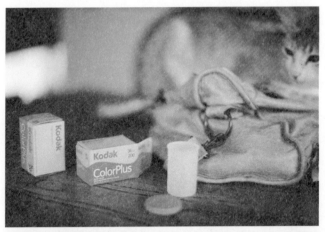

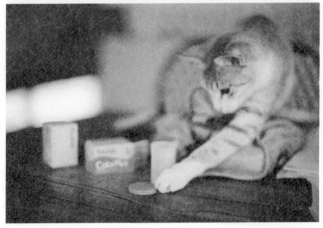

한 명씩 한 명씩
마음이 합쳐질 때

동물 보호계의 마더 테레사, 이효리

우리 식구는 다비, 방울이, 빠삐와 함께 우당탕탕 정신없이 하루하루를 보냈다. 시간이 날 때마다 부모님 댁에 가서 함께 아이들을 돌보고, 집에서는 임시 보호 후 입양 보내는 일을 했다. 그러면서 동물들에 대한 이해는 더 깊어졌다. 한 생명을 책임지기 위해선 정말 많은 희생과 노력이 필요하다는 것도 더 절절히 배웠다.

2년이라는 시간이 흐르고 2012년, 동물 보호계의

한 명씩 한 명씩
마음이 합쳐질 때

마더 테레사 이효리 님과 순심이가 나타났다. 혜성
과 같이 나타난 그녀는 정말 많은 사람에게 동물에
대한 인식을 바꿔주었다. 그녀의 행동 하나하나,
말 한마디가 정말 세상을 바꾸는 것만 같았다. 너
무 기뻤다. 그리고 고마웠다. 그저 내 눈에는 천사
처럼 보여 그녀의 행보를 축복해주고 싶었다.

원래 효리 언니의 팬이었던 나는 더욱더 그녀에게
빠질 수밖에 없었다. 언니도 나를 알아봐주고 먼저
손을 내밀어주었다. 만약 나 혼자였다면 많이 외롭
고 힘들었을 것이다. 함께할 동료가 그리웠던 차에
효리 언니의 등장은 내게 큰 힘이 되었다.

효리 언니는 동물을 사랑하는 주변 사람들을 다 모
아 프로그램을 만들었다. 그녀의 추천으로 나도 함
께할 수 있었다. 온스타일에서 방영된 <골든12>라
는 프로그램이었는데 효리 언니와 지인들이 의미
있는 일을 하면서 멋지게 노는 모습을 담은 내용이
었다.

어느 날 촬영 전에 언니가 울고 있었다. 너무 예쁜 아이들이 구조가 되었는데 새끼들은 다 입양을 갔는데 어미 고양이가 입양되지 않는다는 거였다. 그때만 해도 고양이의 입양이 아주 활발한 때가 아니어서 새끼 고양이들을 주로 데려갔다.

길거리에서 자신이 낳은 새끼와 함께 구조된 어미 고양이는 보호소에서 족제비의 새끼, 어미를 잃은 새끼 고양이까지 총 12마리 새끼의 젖을 물렸다고 한다. 그 어미 고양이는 마음이 바다같이 넓고 순한 아이였다. 결국 그 많은 보호소의 새끼들 젖을 물리다 탈진해 동물병원에 입원까지 했으니 말이다.

이렇게 사랑이 많은 어미 고양이의 가족을 꼭 찾아주고 싶었다. 그러나 주변에 입양을 보내기에는 모두가 포화 상태였다. 고양이는 처음이라 선뜻 입양하겠다는 말은 나오지 않았지만 우선 가서 봐야겠다 싶었다. 효리 언니 친구인 혜원 언니네 집으로 그 어미 고양이를 만나러 갔다.

보통 고양이는 낯선 이들을 많이 경계한다고 들었는데 이 어미 고양이는 나를 보고도 미동이 없었다. 그저 가만히 앉아서 새끼가 뛰어노는 모습을 하염없이 바라보고 있었다. 더 많은 생각을 할 이유가 없었다. 내가 데려와야겠다.

고양이는 강아지에 비해 상대적으로 집에 잘 있는 편이다. 나처럼 불규칙하게 일을 하는 사람이 키우기에는 그래도 조금 더 수월하다. 생명을 다루는 일은 손도 많이 가고 해야 할 일, 마음 써야 할 일도 많지만 내가 가진 상황에서는 가능할 것으로 보였다.

2012년 2살로 추정되는 어미 고양이 아르. 그리고 함께 있던 새끼 고양이 나타샤가 나의 가족이 되었다. 부모님도, 그 누구의 도움도 없이 오롯이 내가 혼자 돌보게 된 나의 첫 아가들이었다.

그런데 처음 우리 집에 와서 일주일 정도 어미 고양이 아르는 정말 쉬지 않고 울어댔다. 고양이는 처음이었기에 원래 고양이는 이렇게 많이 우나 싶었는데, 지금 와서 생각해보니 그건 새끼를 찾는 거였다. 아르와 함께 있었던 나타샤 말고도 아르의 새끼인 고양이 한 마리가 함께 있었는데(다른 곳으로 입양을 갔다) 그 아이가 함께 오지 않아 그렇게 울었던 것이다.

너무 미안해, 아르야. 네가 아이를 찾느라 목 놓아 슬피 우는지 몰랐어. 그 마음 헤아려주지 못해서 너무 미안해.

한 명씩 한 명씩
마음이 합쳐질 때

°아르, 나타샤 입양 직후

°집에 적응한 아르와 나타샤

평생 지켜가고 싶은 신념

강아지를 키울 땐 몰랐는데, 나는 알레르기가 심한 사람이었다. 천식과 비염이 심해져 비염 수술을 두 번이나 하게 되었지만, 그것이 아무런 문제가 되지 않을 만큼 고양이와 함께하는 생활은 신비 그 자체였다. 나만의 가족이 있다는 건 정말 행복한 일이었다. 하루하루가 즐거웠다.

고양이를 키우다 보니 길고양이들이 눈에 아주 잘 들어오기 시작했다. 꾸준히 돌보는 일까진 어려워

한 명씩 한 명씩
마음이 합쳐질 때

서 주변 캣맘들을 위해 사료를 기증하고, 중성화 수술이나 구조하는 일에 조금이나마 도움이 되기 위해 노력했다.

언젠가부터 집 앞에 주차된 차 밑에 늘 엎드려 쉬던 길고양이가 눈에 띄었다. 그래서 종종 간식과 물을 주었는데, 어느 날 뚝 끊겨 보이지 않는 것이다. 걱정하며 기다렸는데 며칠 만에 절뚝거리며 다시 나타났다. 구조를 결심하고 병원에서 다리 수술과 중성화를 한 뒤 친구에게 입양을 보냈다. 뮤지컬 배우 도레미의 새 가족이 된 아이는 '이브라'라는 예쁜 이름이 생겼다. 그리고 지금까지 레미와 함께 행복하게 살고 있다.

한번은 고속도로 중앙분리대 위에서 오지도 가지도 못하는 고양이를 발견하고 뒷 차량의 젊은 아가씨와 함께 구조했다. 또 부산 여행 중에 만난 다친 길고양이 구조 작전을 위해, 함께 놀러 간 친구들과 그 동네 캣맘들이 의기투합해 모금 운동도 했다. 길을 가다가 우연히 만난 길 잃은 개들을 주인에게 돌려보낸 일은 열 손가락이 넘어갈 정도다. 모든 동물이 조금이라도 편하게, 조금이라도 자유롭게 사람과 함께 더불어 살아갈 수 있도록 아주 작은 힘이지만 보태고 있다. 그런 일은 이제 내 삶의 숙원으로 여기고 있다.

이제는 단체의 일 말고도 사설 보호소에 가서 봉사를 해봐야겠다 싶었다. 함께 일하는 동료 중 뜻이 맞는 사람을 모아 나는 매주 토요일 사설 보호소로 봉사를 다녔다. 정말 위급하고 사람 손길이 필요한 동물이 있는 곳이라면 어디든, 아무리 먼 곳이라도 달려갔다.

동물자유연대에서 주최했던 토크콘서트가 있던 날이었다. 나만큼 진심으로 동물 보호에 힘쓰는 안혜경 언니를 만나게 되었다. 효리 언니를 통해 강아지 럭키를 입양해 키우면서 동물 보호에 발을 들였다고 했다. 그때부터 우리는 매주 함께 봉사활동을 다니기 시작했다. 함께 웃고 울며 이어 온 인연은 지금까지도 이어져 서로 다른 곳에서 같은 마음으

한 명씩 한 명씩
마음이 합쳐질 때

로 따로 또 함께하고 있다.

사실 내가 한 일들은 별게 아니다. 나보다 훨씬 바쁜 직장 생활을 하면서 시간을 쪼개 구조와 봉사를 꾸준히 하고 있는 분이 많다. 민원을 넣고 탄원서를 쓰는 일들을 비롯해 내가 미처 몰랐던 부분들까지도 동물 보호와 복지를 위해 애쓰는 분이 곳곳에 있다. 공인이라는 작은 타이틀 하나 때문에 내가 했던 작은 일들이 때로는 대단하게 비칠 수 있음을 알게 된 이후, 나는 더욱 책임감을 느꼈다.

°구조 전 이브라

° 도레미의 새 가족이 된 이브라

한 명썩 한 명썩
마음이 합쳐질 때

더 많은 사람이 알았으면

가수로 데뷔하기 전부터 동물 보호에 대한 뜻이 있었다는 얘기가 알려지면서 동물에 관련된 일이 들어오기 시작했다. SBS TV프로그램 <동물농장>에서 연락이 왔다. 시골에서 노끈에 묶여 버려진 노견 푸들을 임시 보호하면서 입양을 보내는 과정을 함께 해달라는 내용이었다.

앞도 못 보고 귀도 들리지 않아 몸이 불편한 아이였다. 그동안 꾸준히 임시 보호와 입양 보내기를 하면

한 명씩 한 명씩
마음이 합쳐질 때

서 임시 보호는 책임감이 따르는 일이라는 걸 알아서 쉽게 촬영을 수락하지 못했다. 그런데 앞도 못 보고 귀도 들리지 않는 아이를, 내가 잘 돌볼 수 있을지 자신이 없었다. 그럼에도 임시 보호를 하다가 입양이 되지 않을 경우 내가 키울 각오까지 했다.

'동물 보호에 힘쓰는 배다해'를 보여주려는 의도로 촬영에 임하는 건 절대 싫었다. 하지만 조금이라도 이름이 알려진 연예인이 임시 보호를 하다 입양을 보내는 모습 혹은 입양하는 모습이 방송으로 나간다면 인식 개선에 조금이라도 도움이 되지 않을까. 어떤 선택이 맞을지를 두고 고민이 깊어졌다.

부모님에게 고민을 털어놓으니, 프로그램에 합류해서 더 많은 사람에게 동물들이 처한 현실을 알리는 일에 앞장서는 게 어떠냐고 말씀해주었다. 그 강아지는 엄마가 업어서라도 키우겠다고.

내가 고민하는 사이, 그 강아지의 주인이 기적처럼 나타났다는 소식을 들었다. 잠시 시골에 계신 부모님께 맡겼는데 실수로 잃어버렸다는 것이다. 다시 원래 주인의 품에 돌아가게 되었다는 기쁜 소식으로, 나는 고민을 멈출 수 있었다.

한 명씩 한 명씩
마음이 합쳐질 때

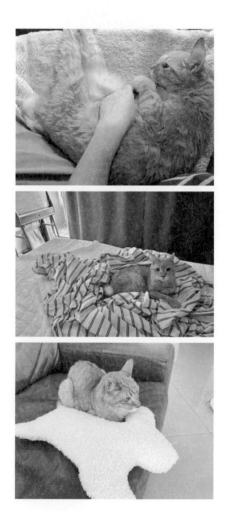

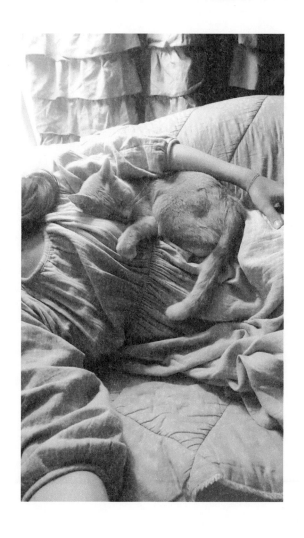

한 명씩 한 명씩
마음이 합쳐질 때

세
마
리
고
양
이
의
집
사

그 후로 일 년 뒤 2014년에 다시 <동물농장>에서 연락이 왔다. 주인에게 버림을 받고 거식증에 걸려 생사를 오가는 고양이를 돌보는 내용을 담고 싶다는 내용이었다. 그 고양이가 바로 준팔이다.

마찬가지로 출연을 수락하기 전에 신중히 고민했다. 이번에도 임시 보호 후 입양처를 찾지 못할 경우, 내가 입양할 생각이었기에 미리 주변에 자문을 구했다.

한 명씩 한 명씩
마음이 합쳐질 때

내가 임시 보호를 하면서 간호를 하다가 혹여 이 친구가 입양이 되지 않으면 내가 키워야 할 텐데 괜찮을지, 무엇보다 두 마리를 키우는 것과 세 마리를 키우는 것은 많은 차이가 있을 텐데 고양이들에게 괜찮을지, 주변 집사들에게 조언을 구했고 모두가 입을 모아 세 마리까지는 괜찮을 거라는 결론을 내려주었다. 그 외에도 많은 조언을 들어보니 충분히 가능할 것 같았다. 프로그램에 참여하겠다고 의사를 밝혔다.

준팔이는 주인의 개인 사정에 의해 케이지에 담겨 동물병원 앞에 버려졌다. 6kg 이상 나가야 정상인 체구였는데 준팔이는 당시에 3kg도 되지 않을 정도로 위태로웠다. 어느 순간 자기가 버려졌다는 사실을 인지하고는 그 후로부터 밥을 먹지 않았다. 강제 급식을 시키면 바로 구토하기를 반복하고 있었다.

처음 준팔이를 보고 든 생각은 우리에게 시간이 많지 않을 수도 있겠다는 것이었다. 몇 달째 밥을 먹

지 않았기에 준팔이는 그리 오래 버틸 수 있는 상
태가 아니었다. 수많은 검사를 하고 외국까지 샘플
을 보내 왜 밥을 몇 달째 먹지 못하는 이유를 찾아
보았으나 결론은 스스로 먹지 않는다는 것. 즉 거
식증이라는 판명을 받았다.

준팔이를 만나고 마음이 너무 쓰여 촬영이 아닐 때
도 입원해 있는 동물병원에 오며 가며 눈인사를 나
누었다. 준팔이가 자고 있으면 그 모습을 지켜보다
돌아오곤 했다.

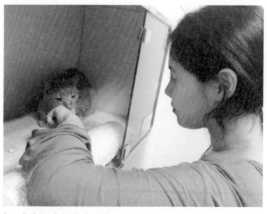

°준팔이를 처음 만난 순간

한 명씩 한 명씩
마음이 합쳐질 때

얼마나 시간이 지났을까, 어느 날 방문했을 때 준 팔이는 이상하리만큼 올망졸망한 눈으로 나를 바라보았다. 왠지 허락해줄 것 같아서, 조심스레 손을 뻗었는데 순간 내 손 위에 자신의 손을 얹는 것이 아닌가. 그땐 몰랐다. 준팔이가 나로 정했다는 것을.

그 이후로 준팔이는 나를 보면 반가워하는 눈치였다. 내 품에 안기기도 했고 조금씩 움직임도 생겼다. 사실 나는 준팔이가 건강을 찾는 데 기술적인 도움을 준 게 없다. 병원 의료진, 처음 준팔이를 구조해 임시 보호하던 고양이 단체 분들이 더 오랜 시간 준팔이를 위해 애썼다. 나는 그저 가서 준팔이를 들여다보고 눈을 맞춘 것뿐이다.

모두의 걱정을 알아준 걸까. 준팔이는 밥을 다시 먹기 시작했다. 소량의 밥을 먹으면서 피부병과 다른 수치들이 모두 정상 가까이 돌아왔다.

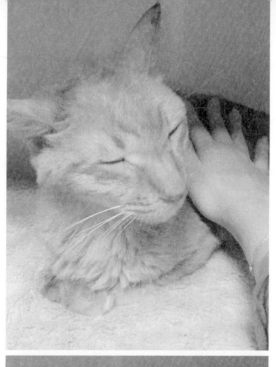
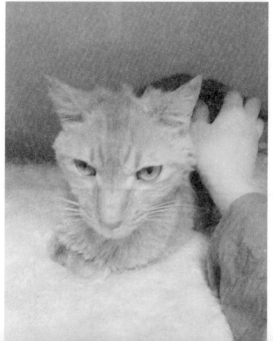

나는 집으로 준팔이를 데려왔다. 아르와 타샤 그리고 준팔이가 서로를 받아들이는 과정이 쉽지는 않았지만 그렇게 우리는 네 식구가 되었다. 처음부터 계획한 건 아니었지만 어쩌다 보니 나는 세 고양이의 집사가 되어 있었다. 하하하.

° 식빵 세 마리!

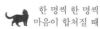
한 명씩 한 명씩
마음이 합쳐질 때

° 준팔이가 집에 처음 온 날
°° 준팔이가 집에 온 지 1년째 된 어느 날

한 명씩 한 명씩
마음이 합쳐질 때

（ 넷 ）

제발 더 오래 있어 줘

🐾

누군가의 배필이 되고
세 고양이의 집사도 되고

고양이 세 마리의 집사. 문득 결혼이 쉽지 않을 수도 있다는 생각이 들었다. 동물을 아주 좋아하는 사람이 아니면 상대방의 반려동물을, 그것도 세 마리를 감당하는 게 쉽지 않을 테니까. 동물을 나만큼 좋아하는 사람이 아니고서야.

그러다 운명처럼 지금의 남편을 만났다. 그는 동물을 한 번도 키워보진 않았으나 동물에 대한 관심도가 상당했다. 동물을 키워본 적이 없었기에 처음엔

제발 더
오래 있어줘

쉽게 다가가지 못했다. 그래도 나의 선택으로 가족이 된 동물들로 그에게 부담을 주고 싶지 않았다.

하지만 그는 나의 신념과 동물에 대한 마음을 존중하고 아껴주었다. 곧 고양이들의 매력에 빠졌고 서투른 진심에 고양이들도 마음을 열었다. 어느새 남편은 어엿한 베테랑 집사가 되었다.

제발 더
오래 있어줘

제발 더
오래 있어줘

🐾

남편의 습식 사료 연구

준팔이는 거식증은 극복했지만 극심한 편식쟁이
였다. 사료가 바뀌는 것도 싫어했고 다른 아이들은
없어서 못 먹는 츄르에도 시큰둥했다. 깐깐한 준팔
씨였다. 게다가 습식을 해야 하는 고양이인데 어떤
브랜드의 습식 사료도 다 거부하고 늘 먹던 건사료
만 고집했다. 다양한 노력을 해봤지만 늘 실패로
돌아가곤 했다.

그런 준팔이를 지켜보던 남편은 습식 사료를 먹이

기 위해 다양한 시도를 시작했다. 이미 내가 다 시도해보고 실패했는데……

"이제 노묘인데 그래도 습식 사료 다시 한번 도전해보자. 내가 해볼게."

기대는 없었다. 어차피 준팔이가 거부할 걸 알고 있었으니까. 남편은 수제 고양이 간식들에 대한 자료를 수도 없이 찾아보고 직접 재료를 사다 만들며 준팔이에게 습식을 할 수 있는 방법을 오랜 시간 연구하고 도전했다.

그런데 준팔이가 이런 남편의 노력을 알았는지 남편이 만든 고양이 이유식 같은 음식에 관심을 보이더니 먹는 것이 아닌가. 결국 그가 해낸 것이다.

준팔이는 그 이후로도 남편이 만들어주는 음식은 곧잘 먹으며 점점 회춘했다. 털의 윤기며 두 눈의 총명함이며 사람에게 안겨 있지 않으면 불안해하는 분리 불안도 점차 옅어졌다.

결혼 전후로 집을 하루 이틀 비우게 될 때면 부모님이 오셔서 준팔이와 고양이들을 돌봐주었다. 그럴 때마다 준팔이는 아빠에게 딱 붙어서 한시도 떨어지지 않았다고 한다. 준팔이의 행동을 보아 아마도 어른 남성의 손에 자랐던 걸로 추정된다.

남편의 정성으로 준팔이는 15세에 다시 젊음을 되찾아 가고 있다. 준팔이는 이제 나보다 남편을 더 따르고 좋아한다. 가끔 고양이를 봐주러 오는 엄마 아빠가 준팔이를 보고 놀랄 정도다. 그리고 남편의 대단한 정성과 사랑에 대해 입이 마를 정도로 칭찬한다.

걱정도 많고 미안하기도 했는데 나보다 더 고양이들을 아끼고 돌봐주는 남편을 만나 정말 너무 행복하다. 아직 동물 복지의 실태에 대해 자세히는 모르지만 조금씩 관심을 갖기 시작했고, 함께할 수 있는 좋은 일들에 뜻을 모아주려 마음을 써주고 있다.

20여 년 동물 보호 운동을 한 나보다 고양이를 더

잘 다루는 남편, 이장원 씨. 앞으로도 잘 부탁해.
당신이 있어 정말 든든해, 고마워.

제발 더
오래 있어줘

눈이 많이 오던 날

2024년 현재, 아르는 이제 14살(추정), 나타샤는 12살, 준팔이는 17살(추정)이 되었다.

그사이에 우리 집 방울이는 14살, 빠삐는 15살, 다비는 20살에 차례차례 무지개다리를 건넜다. 가장 먼저 우리 가족이 되었던 다비는 15살 즈음부터 듣지 못했고 얼마 후 앞도 보지 못했다. 이후 5년의 시간 동안 오직 후각에만 의존하여 물을 마시고, 사료를 먹고, 화장실을 찾고, 엄마 아빠 곁을 찾아

제발 더
오래 있어줘

가 잠들었다. 그런 다비를 위해 엄마 아빠는 이사도 가지 않았고 집에 있는 물건의 위치를 1cm도 바꾸지 않았다.

처음 다비가 듣지 못한다는 것을 알게 된 그날의 기억은 지금도 생생하다. 오랜만에 친정집에 방문해서 온 가족이 외식을 하고 집으로 돌아왔다. 그런데 다비가 현관에 나와 있지 않았다. 걱정돼 하염없이 다비를 부르며 집 안 곳곳을 뒤졌는데 본인 침대에 콕 박혀서 정신없이 자고 있었다.

"다비야, 언니 왔어."

살짝 건드려보았는데 놀란 눈으로 우리를 반겨주었다. 그 모습을 보며 깨달았다. 이제 다비가 잘 듣지 못하는구나. 얼마나 혼자 고요 속에서 깊게 잠을 잔 것일까. 한껏 구겨진 몸을 천천히 일으키며 아직 잠에서 깨지 못한 표정으로 온 힘을 다해 침대에서 나오던 다비의 모습을 보고 숨죽여 얼마나 울었는지 모른다.

부모님이 넌지시 "다비가 잠이 많아졌다, 이제는 귀찮은지 잘 나오지도 않는다."라고 말씀하실 때, 덜컥 작별할 일이 두려워서, 애써 "괜찮아, 노화하는 과정이고 당연한 거야."라며 넘겼다. '괜찮겠지.' 하고 마음을 다스리곤 부러 현실을 외면하려 했다.

직접 다비의 모습을 목도하자 어떠한 말도 할 수 없었다. 목이 메어 오고 눈물이 멈추지 않았다. 아, 이 작은 나의 동생이 우리보다 빠른 속도로 죽음을 향해 가고 있구나. 처음으로 이 작은 생명들은 우리보다 훨씬 빨리 늙어 간다는 걸 실감했다. 너무 가슴 아프고 말로 표현할 수 없을 만큼 슬펐다.

얼마 후 다비는 앞도 잘 보지 못하게 되었다. 익숙한 집 안에서는 잘 생활했지만 산책이 쉽지 않았다. 다비를 언제까지 유모차에 태워 바람만 쐬게 할 순 없었다. 우리는 차도 사람도 없는 한적하고 조용한 곳을 찾아 매일 산책을 시켰다. 처음에 다비는 두려운지 쉽사리 발을 떼지 못했지만 며칠째

제발 더
오래 있어줘

같은 곳을 가니 조금씩 발걸음이 과감해졌다. 그 이후로 다비는 그곳에서 매일매일 산책을 하며 꽃 냄새 풀냄새를 맡을 수 있었다.

그리고 몇 해가 또 흘러 많이 추웠던 겨울, 20살이 된 다비는 밥을 먹지 않기 시작했다. 아빠와 수도 없이 등산을 다니고 하루도 빠짐없이 산책과 운동 을 해 튼튼한 허벅지를 자랑했던 다비는 다시 어린 아이로 돌아간 듯 계속 잠만 잤다.

마지막으로 다비를 안았을 땐 무게조차 느껴지지 않을 정도로 가벼웠다. 그러면서도 그 가느다란 생 명의 끈을 놓지 않고 숨을 가쁘게 내쉬었다. 자다 가도 갑자기 벌떡 일어나 세상에서 가장 느린 속도 로 물그릇을 찾아 물을 마셨다. 그러다 몸에 힘이 풀려 물그릇에 얼굴을 박고는 일어나지 못하기도 했다. 어디에서 못 일어나 괴로워하고 있을지 모르 는 다비를 위해 우리는 번갈아 가며 밤을 새워 다 비를 돌봤다. 힘든 시간을 우리는 함께 버텨내며 다비 곁을 지켰다.

그렇게 일주일이 흘렀을까. 밥도 먹지 않으며 누워만 있던 다비는 하얗게 눈이 오던 날 우리의 곁을 떠났다. 부모님 품에서 눈 냄새를 맡으며 우리 곁을 떠났다.

제발 더
오래 있어줘

내
동
생
다
비

다비에게 미안한 일이지만 나는 다비를 추억조차
하지 못한다. 이 글을 쓰고 있는 순간에도 다비를
떠올리는 일이 너무 괴롭고 힘들다.

콩알만 한 모습으로 우리에게 와서 갸우뚱거리며
우리의 웃음을 멈추지 못하게 했던 우리 다비. 우
리 가족과 20년이라는 모든 순간을 함께했던 내 동
생 다비. 내가 노래를 하면 곧잘 따라 부르고, 산책
을 할 때면 항상 앞장서서 가다가 뒤돌아 우리를

제발 더
오래 있어줘

기다려주던 다비. 집으로 돌아올 땐 알려주지 않아도 척척 집을 찾아가 문 앞에서 기다리던 똑똑한 다비. 새로운 친구들이 가족이 되어 집에 오게 됐을 때도 한번을 짖지도 않고 물지도 않고 묵묵히 받아주던 다비. 잘 때가 되면 항상 베개 옆으로 와서 함께 잠을 자던 다비.

다비야. 너무 고마워 그리고 미안해.

네가 밥도 먹을 수 없었던 2주의 시간 동안 혹시 너무 힘들진 않았니. 그 시간을 우리가 줄여줬어야 하는 건 아니었는지. 너무 괴롭고 힘들어서 그만하고 싶었는데 우리가 억지로 붙잡아 힘들진 않았니. 너의 마지막을 조금 더 편하게 해줬어야 하는 건 아니었을까. 네가 힘들기 시작했을 때 우리가 편히 너를 보내줬어야 하는 건 아니었는지 우리 모두 미안해하고 있어.

그래도 내리는 눈을 마지막으로 함께 보고 아빠 품에서 갈 수 있어서 너도 행복했지?

마지막 순간까지 우리 품에 있을 수 있어서 외롭지 않았지? 무섭지 않았지?

나중에 만나면 힘들었던 거 서운했던 거 꼭 알려줘. 미안했던 만큼 더 많이 안아줄게.

너무너무 그립다. 정말 마지막으로 한 번만 더 안아보고 싶고 집에 들어갔을 때 톡톡톡 발소리 내며 마중 나와 줬으면 좋겠어.

우리 꼭 다시 만나자. 하늘나라에서 방울이랑 즐겁게 놀면서 우리 기다리고 있어!

사랑한다는 말로 다 표현이 안 될 만큼 사랑하는 다비야. 너무너무 고맙고 사랑해.

제발 더
오래 있어줘

°다비와의 마지막 여름 여행

난생처음 본 별똥별

다비보다 먼저 헤어진 건 방울이였다. 다비가 떠나기 몇 년 전, 방울이가 발작이 와서 병원에 다녀왔다는 엄마의 연락을 받고 서둘러 방울이를 보러 갔다.

오랜만에 보는 누나를 반기던 방울이는 조금 흥분했는지 갑자기 사지를 쭉 뻗으며 굳더니 오줌을 싸며 그 자리에 뻣뻣하게 누웠다. 나는 너무 놀라 소리를 쳤고, 아빠가 다급히 방울이의 심장과 온몸을 마사지했다. 잠시 후 다시 원래의 방울이 모습으로 돌아왔다. 너무 놀라서 그 자리에 앉아 방울이를 안고 소리 내어 울었다.

유독 작고 조그맣던 방울이는 선천적으로 심장이 약한 아이 같다고, 이제는 약을 먹지 않으면 발작을 일으킬 것이라는 진단을 받았다. 병원에서 약을 처방 받아와 꾸준히 약을 먹였고 한 번씩 발작이 나서 몸이 힘들어지면 동물 한의원에 가서 침을 맞혔다.

이런 증상이 시작되면 오래 살기 힘들다고 하였지만, 고맙게도 그 후로 방울이는 몇 년을 더 우리 곁에 머물렀다. 그리고 아무런 증상도 없이 편안하게 떠났다. 유독 맛있는 음식을 달라고 요란스럽게 굴어 이런저런 간식들을 양껏 주었던 날, 그 밤에 편안하게 아빠 곁에서 잠든 후 깨어나지 않았다.

처음으로 겪은 반려동물의 죽음이었다. 온 가족이 모여 방울이를 보내주고 돌아오는 차 안에서 방울이와의 추억을 나누며 함께 울고 웃었다. 오히려 많이 아프지 않고 너무 고생하지 않고 잠든 채로

생을 마감해 다행이라고 생각하기로 했다. 그러지 않고서는 우리 가족 모두 도저히 그 슬픔을 감당할 수가 없었을 것이다.

집에 돌아와 방울이를 추억하며 울고 또 울었다. 그러다 문득 이렇게 울다가는 헤어 나오지 못할 것 같다는 생각이 들어 하늘을 보며 방울이에게 말을 걸었다. 나의 기도가 방울이에게 닿기를 바라며 속삭였다.

방울아, 너무 고마워. 우리에게 와줘서 우리 가족이 되어줘서. 그리고 우리를 행복하게 해줘서.

우리는 평생 너를 잊지 않을 거야. 우리 나중에 하늘나라에서 만나자

그동안 다른 친구들이랑 재미있게 놀고 있어! 맛있는 것도 많이 먹고 신나게 뛰어놀고.

가끔 우리도 들여다봐주고, 우리 꿈에도 나타나

제발 더
오래 있어줘

주렴.

너를 한 번만 더 안아볼 수 있다면 참 좋을 텐데……. 네가 너무 그립고 보고 싶어.

우리가 너를 정말 많이 사랑해. 방울아, 잘 지내.

그 순간 거짓말처럼 하늘에서 별똥별이 떨어졌다. 정말 거짓말처럼. 난생처음 본 별똥별이었다.

'아, 방울이가 듣고 있구나. 내 기도를 들었구나. 내 마음이 전달되었구나.'

제발 더
오래 있어줘

무
지
개
다
리

너
머

가장 늦게까지 우리 곁에 머물렀던 건 빠삐였다. 한 번도 으르렁댄 적 없는 순하디순한 빠삐는 처음 입양 올 때부터 피부병이 있어서 늘 약욕을 하고 피부약을 먹어야 했다.

그래도 너무 심할 때 빼고는 웬만해서는 약을 먹이지 않았다. 자연적으로 치유될 수 있도록 엄마 아빠가 최선을 다해 빠삐를 돌보았다. 천연 재료로 된 목욕용품으로 씻기고 좋은 음식을 먹이며 몸을 덜 늙을 수 있도록 말이다.

빠삐는 떠나기 전에 잠을 이루지 못할 정도로 기침이 심했다. 괴롭지 않을 만큼 약을 지어서 꾸준히 먹이고 꼬박꼬박 병원도 갔지만 호전되긴 힘든 상황이었다. 차라리 여생 동안 빠삐를 편하게 해주는데 초점을 맞추기로 했다. 그렇게 조금 우리 곁에 더 있어준 빠삐는 조용히 우리 곁을 떠났다.

착한 우리 빠삐. 수달처럼 귀여웠던 우리 빠삐. 실외 배변이 습관이 돼서 화장실이 가고 싶을 때는 문 앞에서 '왕!' 한 번 짖고 뒤뚱뒤뚱 현관문 앞으로 걸어가 말똥말똥 쳐다보던 우리 천사. 그래도 오래 고생하지 않고 무지개다리 건너서 다행이야. 빠삐가 오래 아픈 건 싫으니까.

다비와 방울이가 가고 빠삐도 아프기 시작해서 마음이 아팠어. 혼자 남아 외로울까 걱정도 되었고. 이제 우리 빠삐한테만 오롯이 사랑을 듬뿍 주려고 했는데, 그 기간이 짧아서 아쉬웠어. 그래도 우리와 함께해서 기뻤지, 빠삐야? 함께 여행도 많이 다니고 놀러도 많이 다니고 맛있는 것도 많이 먹고, 다비랑 방울이도 함께 지낼 수 있어서 외롭지 않았지?
먼저 간 다비랑 방울이랑 잘 놀고 있어! 우리는 나중에 꼭 만나자.

그 예쁜 눈으로 사랑스럽게 우릴 봐주고 따라주고 믿어주고 의지해줘서 고마웠어, 빠삐야.

우리 또 만나자. 사랑해.

그랬으면 참 좋겠다

포장도로를 닦고 고속도로를 내어 인간의 삶은 편해졌다. 종종 고속도로에 뛰어든 야생동물 때문에 사고가 났다는 뉴스를 들을 때면, 쏟을 곳 없는 원망이 불쑥 치솟으며 안타까워진다. 인간이 길을 내기 전, 그곳은 야생동물이 오가던 길이고 터전이었을 것이다. 그 길을 오가며 먹이를 구하고 새끼를 길렀을 것이다.

그래도 최근에는 도로 공사를 할 때 처음부터 동물

이 다닐 수 있는 길을 고려해 계획한다고 한다. 야생동물뿐 아니라 인간의 사고도 줄일 수 있으니 결과적으로 서로 득인 셈이다. 그런 공존을 꾀하는 일이 사회 곳곳에서 일어나면 좋겠다.

강아지 공장이라는 곳에서 잔인하게 희생당하는 동물들이 있다는 사실을 알고 있는가? 내가 먹는 음식들이 어떻게 만들어지고 어떤 희생을 통해 나를 행복하게 하는지 알고 있는가? 새로운 도로가 뚫리면서 우리는 좀 더 수월하게 먼 곳을 오고 갈 수 있지만 동물들은 하루아침에 어미를 잃고 새끼를 잃고 삶의 터전을 잃어버리는 희생이 있다는 것을 알고 있는가? 우리가 쓰는 수많은 의학품, 화장품을 위해 평생을 작은 철장에 갇혀 수도 없이 실험을 당하다가 땅 한번 밟아보지 못하고 쓸모가 없어지면 죽임을 당해야 하는 동물실험에 사용되는 생명들이 있다는 것을 알고 있는가?

당장에 모두가 동물을 보호하고 그들의 복지를 위해 목소리를 높여야 한다는 이야기가 아니다. 적어도 알았으면 하는 바람이다. 우리가 살아가는 환경이 더 발전되고 편리해지고 수월해질 때마다 반드시 희생되는 생명들이 있다는 것을 꼭 알았으면 좋겠다.

인간과 동물이 공존하는 세상이 되면 참 좋겠다. 동물원의 전시 동물도, 체험 동물도 자유롭게 살면서 우리와 만날 수 있는 방법은 충분히 있으리라 믿는다. 동물권에 깨어 있는 몇몇 나라는 동물 실험을 자제하고 있다. 모피 대신 페이크퍼를 선택하는 소비 의식도 자리 잡혀 있다고 한다.

무분별한 동물 학대 등 인간에 의해 동물이 희생되는 일이 사라지면 좋겠다. 공장식 축산업에 고통받고 돈을 주고 사고팔기 위해 강아지 공장에서 평생 새끼를 낳다가 버려지고 개고기 집에 팔려 가는 일이 사라지면 좋겠다.

누군가는 이러한 나의 바람을 감상에 젖은 허황된 소리로 치부할지도 모른다. 나 하나도 살아가기 바쁜 이 세상에 동물을 돌보고 환경을 돌보며 살아간다는 것은 시간 낭비이며 팔자 좋은 소리라고 말이다.

그래서 더더욱 인식 개선이 중요하다고 말하고 싶다. 우리가 살아가기 위해 돈을 벌고 그 삶을 좀 더 나은 삶으로 영위해 나가기 위해 애써야 하는 것은 맞는다. 다만 사회에서 어린이와 노약자 그리고 수많은 생명을 우리는 배려하며 살아가야 하지 않을까.

° 무릎냥 아르

제발 더
오래 있어줘

제발 더
오래 있어줘

내가 바라는 것

동물을 보호하려는 마음, 함께 살아가려는 마음으로 나름 애써온 지 20여 년이 되었다. 거창한 일을 한 건 아니다. 그저 주변 동물들을 살피고 돌보며 내가 할 수 있는 일들을 소소하게 하나씩 하고 있다. 나보다 더 위대하고 대단한 일을 하는 분들 뒤에서 마음과 뜻을 모으고 있다.

사람이 먼저냐 동물이 먼저냐는 이야기는 그만 넣어두었으면 좋겠다. 생명은 모두 똑같이 소중하다.

다른 약한 생명들을 위해 배려하여 적어도 지금보다는 아름다운 세상을 만들어 갈 수 있는 그날을 꿈꾼다. 나처럼 노래 말곤 할 줄 아는 게 없는 사람도 하는 이 일들을 조금 더 많은 이와 함께할 수 있다면, 그런 날이 온다면 참 좋겠다.

한 가지 다행인 것은 반려동물에 대한 인식이, 우리가 아는 많은 동물에 대한 인식이 조금씩 바뀌고 있다는 사실이다. 모두의 노력 덕분이다. 그저 내 자리에서 작게나마 응원과 힘을 보태고 있는 사람으로서 앞으로도 계속 함께할 것이다. 물론 아직도 가야 할 길이 멀지만 말이다.

제발 더
오래 있어줘

제발 더
오래 있어줘

아이위시

초판 1쇄 인쇄 2024년 1월 31일
초판 1쇄 발행 2024년 2월 8일

지은이 배다해
책임편집 하진수
디자인 그별
펴낸이 남기성

펴낸곳 주식회사 자화상
인쇄,제작 데이타링크
출판사등록 신고번호 제 2016-000312호
주소 서울특별시 마포구 월드컵북로 400, 2층 201호
대표전화 (070) 7555-9653
이메일 sung0278@naver.com

ISBN 979-11-91200-91-1 03810